BBULMEDIA

www.b-books.co.kr

헌터 레볼루션

헌터 레볼루션

1판 1쇄 찍음 2020년 9월 1일
1판 1쇄 펴냄 2020년 9월 7일

지은이 | 정사부
펴낸이 | 정　필
펴낸곳 | (주)뿔미디어

편집장 | 문정흠
기획 · 편집 | 정대영 · 안재홍

출판등록 | 2002년 9월 11일 (제1081-1-132호)
주소 | 경기도 부천시 원미구 소향로 17번길(두성프라자) 303호 (우) 14544
전화 | 032)651-6513 / 팩스 032)651-6094
E-mail | bbulmedia@hanmail.net
비북스 | http://www.b-books.co.kr

값 8,000원

ISBN 979-11-6565-447-4 04810
ISBN 979-11-315-9849-8 04810 (세트)

BBULMEDIA FANTASY STORY

헌터 레볼루션

정사부 현대 판타지 장편 소설

15

1. 동상이몽 … 7

2. 흔적을 찾다 … 35

3. 이시이 제약 연구소 … 63

4. 대책 회의 … 93

5. 일본의 대응 … 121

6. 조사단의 일본 도착 … 151

7. 증거를 찾다 … 181

8. 마족의 분열 … 213

9. 납치된 최충식 … 249

10. 허망한 결말 … 283

에필로그 … 309

1. 동상이몽

부웅!

부산을 떠난 배는 시모노세키와 오사카를 거쳐 도쿄 항에 도착하였다.

저벅저벅.

"신분증을 보여 주십시오."

도쿄 항 세관원의 사무적인 태도에 불만을 제기하는 사람이 있을 만도 하지만, 이상하게 어느 누구도 그의 그런 불친절함에 따지지 않았다.

척.

"…야마카타 켄지."

세관원은 신분증을 들어 재식의 얼굴을 대조하고는 다시 그에게 돌려주었다.

"한국은 무슨 일로 다녀오시는 겁니까?"

"헌터다."

야마카타 켄지라는 일본인 헌터로 위장한 재식이 짧게 대답했다.

지금 재식이 내보인 일본인 헌터의 신분증은 위조한 것이 아닌, 실제로 존재하는 사람의 신분증이었다.

그러다 보니 일본인 세관원은 신분증에서 아무런 이상도 발견할 수 없었다.

뿐만 아니라 현재 재식은 마법을 써서 세관원을 현혹한 상태였다.

그 마법 덕분에 세관원은 신분증의 증명사진과 재식의 얼굴이 비슷해 보인다고 느꼈고, 아무런 위화감 없이 얼굴 대조를 마쳤다.

이후 이어진 세관원의 질문은 너무나 평상적인 내용일 수밖에 없었고, 그렇게 입국 절차는 간단하게 끝났다.

저벅저벅.

내가 자네의 도움에 응할 정도로 많은 것을 알지는 못하네. 하지만 일본 내에서는 꽤나 유명한 실종 사건이 하나 있네. 지금껏 자네가 말한 위험이라는 게 정말 사실이라면,

그 실종 사건은 시기적으로 무척이나 수상하기 짝이 없지. 그러니 그걸 중점으로 한 번 알아보는 게 좋을 걸세. 그리고 내 생각에는 마병이 자네가 말한 존재들과 관련이 있다고 생각되는군.

　백강현을 만날 당시에 그는 재식의 말을 귓등으로도 듣지 않는 것처럼 보였다.

　하지만 시간이 지나고 직접 연락을 해 온 그는, 성신 길드에서 듣던 오만한 목소리가 아니었다.

　그사이 무언가 깨달은 게 있는지 그는 정보를 말해 주었고, 그 정보에는 꽤 중요한 것들이 담겨 있었다.

　'마병이라……'

　재식은 직감적으로 백강현이 말한 마병과 실종 사건이 연관되었을 것이란 예감이 들었다.

　'아!'

　그때, 문득 재식의 머릿속을 스치고 지나가는 기억이 하나 있었다.

　바로 흑마법사인 챠콤의 기억 일부였다.

　'그래. 흑마법에는 마나석이나 마정석이 아닌 다른 방법으로 아티팩트를 만드는 방법이 있었지.'

　지금껏 재식이 아티팩트나 아이템을 만들어 온 방식은 항상 같았다.

자연계에 풍부한 마나를 품은 광석인 마나석이나 몬스터의 심장 속에 자리한 마정석을 이용해 만드는 방법.

하지만 그 두 가지가 아닌 다른 것을 이용해 만들 수 있었는데, 그중 하나가 바로 인간의 피를 사용하는 것이었다.

다만, 이 방법은 사실 그리 효율적인 방법이라고 할 수는 없었다.

고작 하나의 아이템, 혹은 아티팩트를 만들기 위해 최소 1,000리터나 되는 대량의 피가 필요했다.

일반적으로 사람이 가진 피의 양은 몸무게의 7할이다.

만약 70kg의 성인 남성이라 가정했을 때, 그가 가진 피의 양은 49리터가 된다.

그럼 이론상 1,000리터를 모으려면 최소 스물한 명을 죽인 뒤 피를 모아야 하는 것이다.

심지어 이마저도 그저 이론에 불과했다.

인간의 몸에서 한 방울도 남기지 않고 완벽하게 피를 빼낼 수는 없기 때문이다.

이론상으로만 최소 스물한 명인 것이지, 그 이상의 사람이 필요했다.

재식은 일본 정부가 발표한 실종자의 수를 떠올렸다.

무려 만 명이 넘어가는 수.

하지만 확인된 실종자의 수만 발표한 것이었다.

실제 실종자의 숫자는 이보다 훨씬 많을 터였다.

만약 실종자들의 피로 아티팩트, 즉 마병을 만들었다면 그 수는 어마어마할 것이다.

현재 대중에게 공개된 마병의 수만 해도 열 개가 넘어가고 있었다.

재식은 작게 한숨을 내쉬었다.

사실 재식도 그런 마병을 만들고 싶은 욕망이 아예 없던 것은 아니었다.

확실히 마병은 다른 아이템이나 아티팩트 제작에 비해 비용이 적다는 장점이 있다.

물론 비인도적인 행위가 필요하다는 극단적인 단점이 존재하지만 말이다.

제작 과정도 비인도적이지만, 만들어진 후에 마병을 사용하는 사용자에 대한 후유증 역시도 너무나 심각했다.

때문에 재식은 마병을 만드는 것을 단념한 것이었다.

하지만 이런 고민은 하등 상관없기도 했다.

애초 재식 정도의 헌터라면 굳이 마병을 만들 필요가 없었다.

그도 그럴 것이, 마병을 만들기 위해 인간의 피를 구하는 것보다 차라리 몬스터의 심장에서 나온 마정석을 이용하는 편이 훨씬 쉽기 때문이다.

그러니 굳이 문제될 물건을 만들어 구설수에 오를 이유가 없는 것이다.

하지만 헌터 전력이 부족한 데다가 예전부터 인명 경시 사상이 저변에 깔린 일본이라면 충분히 그런 시도를 할 수도 있다고 생각하는 재식이었다.

단순히 그의 망상이 아니라, 실제로 일어나고 있는 일이기도 했다.

재식은 잠시 하늘을 바라보며 작게 탄식했다.

대격변 이후, 지구의 모든 나라가 몬스터에 의해 피해를 입고 있었다.

그렇지만 그 어느 나라에서도 마병과 같이 인명을 경시한 무기는 나오지 않았다.

하지만 어느 순간부터 마병이 시장에 떠돌기 시작하더니, 그 출처가 일본이라는 사실을 알게 되었다.

심지어 분명한 부작용이 있음에도 협회에 신고하지 않고 그대로 사용하고 되팔기까지 하다니.

이 모든 것이 현재의 일본이 다른 나라와 다르게 정상적이지 않다는 것을 방증했다.

"일단 백강현 길드장이 알려 준 내용을 토대로 조사를 해 봐야겠군."

이런저런 생각을 하던 재식은 마계에서 넘어온 존재들을 조사하기 위해 천천히 발걸음을 옮겼다.

*   *   *

도쿄 지요다 구.

일본의 헌터 협회장인 미야모토 신타로는 자신의 앞에 놓인, 붉은 혈기를 띠는 카타나를 쳐다보았다.

칼집에서 반쯤 빠져나온 상태로 검신을 드러낸 카타나는 마치 사람의 혼을 홀리듯 영롱한 빛을 내뿜고 있었다.

그리고 그 빛은 미야모토 신타로의 시선을 사로잡았다.

"음……."

미야모토 신타로는 자신도 모르게 신음성을 터뜨렸다.

비록 고위급 헌터는 아니지만, 그래도 5등급 정도의 일본에서는 나름 고위급의 헌터였다.

뿐만 아니라 오래전부터 검도를 수련해 왔기에 검에 대해 어느 정도 식견이 있었다.

그러다 보니 지금 눈앞에 보이는 카타나의 칼날에서 심상치 않은 기운을 느끼고는 놀라 신음한 것이다.

"용살 검입니다."

일본의 S등급 헌터, 유키 히데오의 모습을 한 마족 칼리크는 검신의 길이만 90㎝인 카타나를 미야모토 신타로의 앞으로 들이밀며 이야기했다.

용살 검.

영어로는 드래곤 슬레이어.

이름만 들어도 엄청날 것 같은 검이 가까이 다가오자 미야모토 신타로는 다시 한번 신음을 터뜨렸다.

"헉."

그러고는 자신도 모르게 용살 검에 손을 내밀었다.

"조심하십시오. 살기가 강한 놈입니다."

유키 히데오의 모습을 한 칼리크는 용살 검에 홀려 저도 모르게 손을 내밀던 미야모토 신타로에게 경고하였다.

용살 검은 패도적인 이름과는 달리, 요사스럽고 매혹적이란 단어가 더 잘 어울렸다.

마치 인간을 유혹하는 악마, 서큐버스마냥 말이다.

칼리크의 경고를 들은 미야모토 신타로 협회장은 가까스로 정신을 차렸다.

그러고는 용살 검에 다시 한번 시선을 주더니 이내 손을 거뒀다.

능력도 되지 않으면서 괜히 요물에 손을 댔다가 낭패를 볼 수도 있기 때문이었다.

"협회장님께는 죄송한 말이지만, 현재 상태로 용살 검을 사용하면 분명 그 기운에 먹히고 말 겁니다."

공손하고 부드러운 모습이지만, 칼리크의 눈 깊은 곳에는 진한 멸시가 숨어 있었다.

'겨우 5등급밖에 안 되는 헌터 따위가.'

마족으로 치면 최하급 마족에 간신히 걸치는 정도의 능력으로 상급 마족이 만든 마병을 손에 들려고 하는 미야모토 신타로의 모습이 너무나도 가소로운 칼리크였다.

하지만 인간이라는 존재가 본래부터 분수를 모르고 욕심만을 부린다는 사실을 잘 알기에 그런 속마음을 숨기며 설명을 이어 갔다.

"우리 일본에 저를 비롯한 S등급 헌터가 세 명이나 더 나왔다고는 하지만, 비와호의 괴수 야마타노 오로치와 같은 초월급 몬스터가 또다시 나타나면 위험할 수도 있습니다. 솔직히 저희만으로 처리할 수 있을지 장담할 수도 없고 말이죠."

미야모토 신타로는 몇 년 전 자신의 잘못으로 일본 헌터 전력을 파탄 낸 야마타노 오로치가 언급되자 잠깐 기분이 상했다.

하지만 S급인 자신들로도 초월급 몬스터를 레이드할 수 없다는 말에 미야모토 신타로는 화들짝 놀랐다.

하지만 냉정히 생각해 보면 이해가 가는 말이었다.

눈앞의 헌터가 비록 S등급 헌터이고, 또 그의 동료 중 세 명이 새롭게 S등급의 헌터가 되었다지만, 재앙급 몬스터도 아니고 무려 초월급 몬스터였다.

사실 초월급 몬스터를 그들만으로 상대해도 이길 수 있다고 장담하더라도 미야모토 신타로부터가 그들의 말을 믿지 않을 터였다.

레이드의 성공 가능성을 그리 높지 않다고 판단하고는 어떻게든 다른 방법을 찾으려 노력할 확률이 높았다.

세계 헌터 협회는 일본에 나타난 야마타노 오로치와 대한민국에 나타난 괴수 슈마리온, 그리고 미국 텍사스에 재앙급 몬스터 웨이브를 몰고 온 드래곤 타르쿠스까지 이 세 마리의 괴수를 기존의 재앙급 몬스터가 아닌, 새로운 등급을 만들어 초월급 몬스터로 분류하였다.

기존 재앙급 몬스터, 즉 6등급 보스 몬스터를 뛰어넘는 덩치와 에너지의 크기, 그리고 월등한 파괴력을 가진 몬스터를 이전에 책정한 재앙급 몬스터와 구분할 필요성을 느껴 새롭게 분류한 것이었다.

세계 헌터 협회에서 이렇게 몬스터의 등급을 분류하는 이유는 단순히 재미만을 위한 것이 아니었다.

레이드를 할 때, 괜한 헌터들의 희생을 막기 위함과 동시에 적절한 전력을 꾸리기 위함이었다.

그런데 기존의 재앙급 몬스터를 압도하는 새로운 몬스터를 기존의 분류 등급에 맞춰 재앙급으로 책정하게 되면, 레이드를 하는 것이 아니라 오히려 참여한 헌터들을 몬스터의 먹이로 던져 주는 꼴이나 다름없을 터였다.

결과가 너무 빤하기에 서둘러 몬스터의 등급을 조정해 이 새로운 몬스터들의 위험을 알린 것이었다.

고위 헌터인 7등급 위에 일반적인 헌터의 수준을 초월한 S등급이라는 존재가 있는 것처럼 일반적인 몬스터의 수준을 초월했다는 의미에서 초월급이라 명명했다.

만약 야마타노 오로치가 보통의 재앙급 몬스터였다면, 일본의 선택이 맞을 수도 있었다.

재앙급 몬스터를 레이드할 때, 최소 S등급 한 명과 이를 보조하는 7등급 헌터로 이루어진 팀, 그리고 이들을 지원하는 5등급 이상의 헌터들을 필요로 했다.

실질적으로 6등급 미만의 헌터는 레이드에 그리 도움이 되지는 않지만, 그래도 다른 고위 헌터들이 지쳤을 때 체력을 보충해 줄 시간 정도는 벌 수 있었다.

물론 그것조차도 목숨을 걸고 행해야 하기 때문에 결코 쉬운 일은 아니었다.

그 때문에 S등급이 다수인 헌터 강국에서는 재앙급 몬스터 레이드에 S등급을 한 명만 보내지 않고, 또 다른 재앙급 몬스터 출현을 막아 낼 헌터 전력을 제외한 남은 모든 전력을 비상사태를 대비해 투입했다.

이는 조금이라도 빠르게 재앙급 몬스터를 사냥하기 위함이었다.

야마타노 오로치 당시에 일본도 그러한 방식으로 레이드를 꾸리고 싶었지만, 남아 있는 전력으로는 불가능에 가까웠다.

그도 그럴 것이, 일본에는 고작 두 명의 S등급 헌터가 있기 때문이었다.

심지어 일본과 국토의 크기나 인구수로도 비교되는 한국의 경우에도 세 명의 S등급 헌터가 있었다.

어쩔 수 없이 한 명의 S등급 헌터와 다수의 고위 헌터들로만 야마타노 오로치를 레이드할 수밖에 없었다.

하지만 아쉽게도 비와오의 괴수 야마타노 오로치는 보통의 재앙급 몬스터가 아니었다.

더욱이 육상에 활동하는 기존의 재앙급 몬스터와는 다르게 물에서 주로 활동하는 몬스터였다.

그러다 보니 일본의 헌터들이 아무리 전략을 짜더라도 제대로 된 무력을 행사할 수 없었고, 레이드를 번번이 실패할 수밖에 없던 것이다.

그리고 그 결과, 영양가 높고 맛난 먹이를 풍족하게 먹은 야마타노 오로치는 마치 헌터가 몬스터를 잡고 성장하듯 재앙급을 넘어 초월급에 이르렀다.

한데 때마침 등장한 성신 길드가 레이드에 성공해 피해가 더 확산되지 않았다.

성신 길드의 길드장인 백강현이 S등급 헌터 중에서도 최상급에 속하는 헌터인 것도 중요하지만, 그들이 야마타노 오로치를 퇴치할 수 있던 것은 전혀 다른 이유였다.

바로 야마타노 오로치 자체에 문제.

일본의 헌터들을 잡아먹고 성장하는 것까지는 좋았지만, 야마타노 오로치는 기본적으로 뱀의 형상을 한 몬스터였다.

성장한 몸을 유지하기 위해 탈피를 하게 되었는데, 하필 그 직후 약해진 틈을 타 백강현과 성신 길드가 들이닥친 것이었다.

그러니 충분히 단단해질 시간을 갖지 못한 가죽이 헌터들에게 찢기고 타격을 입는 것은 어찌 보면 당연한 일이었다.

그 때문에 초월급에 오른 야마타노 오로치는 어처구니없게도 성장한 능력을 제대로 발휘해 보지도 못한 채 백강현의 손에 퇴치된 것이다.

만약 일본 정부의 선택이 늦어졌거나, 혹은 백강현이 조금 더 이득을 보기 위해 계약을 늦췄더라면, 결과는 달라졌을 것이다.

그렇지만 언제까지고 그런 행운이 또다시 재현될 것이란 생각은 할 수 없었다.

야마타노 오로치를 제외한 초월급 몬스터들은 이미 성장을 마치고 완전한 상태로 등장했기 때문이다.

고위 헌터의 공격에도 별다른 타격을 입지 않고, S등급의 헌터의 공격에도 어느 정도밖에 타격을 입지 않는 초월급 몬스터의 등장은 가볍게 볼 일이 아니었다.

특히나 미국의 재앙급 몬스터 웨이브를 일으킨 초월급 몬스터는 단독으로 행동하는 것이 아닌, 다른 몬스터들을 통솔하는 모습을 보였다.

지금까지는 단순히 상위 몬스터에게서 위협을 느끼고 단

체로 도망치기 위해 무리를 짓곤 했다.

하지만 미국에서 몬스터들이 보인 모습은 이와는 명확히 달랐다.

마치 군대처럼 통솔된 모습이었다.

이것만 보더라도 초월급 몬스터에 대항하기 위해선 다수의 S등급 헌터는 물론이고, 다른 몬스터를 상대할 고위 헌터 역시도 많은 숫자가 필요하다는 뜻이었다.

하지만 불행히도 일본은 그럴 여지가 되지 않았다.

비록 S등급 헌터가 네 명이 나오기는 했지만, 이들을 보조할 고위 헌터의 수가 압도적으로 모자랐기 때문이다.

그렇게 일본의 수뇌부가 머리를 쥐어뜯으며 고민할 때, 그 해결 방안이 떡하니 등장한 것이다.

바로 요즘 문제가 되고 있는 마병이란 것이었다.

아티팩트와 비슷하지만, 무언가 부작용이 있는 물건이었다.

하지만 일본 입장에서는 부작용이 무섭다고 사용하지 않는다는 것은 미련하다고 생각될 수밖에 없었다.

당장 몬스터에게 생명의 위협을 받는 상황이었다.

눈앞에 몬스터를 효과적으로 죽일 수 있는 무기가 있는데 이를 사용하지 않는다니 말이 되지 않았다.

더욱이 아티팩트와 비슷한, 혹은 더욱 강력한 성능을 가졌음에도 그리 비싸지 않았다.

무엇보다 좋은 점은 마병이 일본에서 만들어지고 있다는 점이었다.

미야모토 신타로는 혀를 찼다.

사실 마병이 아니더라도 기댈 곳은 있었다.

바로 아이템.

이 아이템이라는 물건은 한국에서 만들어지고 있었다.

그것만으로도 부러운 감정이 들었는데, 거기서 그치지 않고 아티팩트도 만들고 있는 실정이었다.

1년 전쯤부터 북유럽 신화 속 최고의 신, 오딘의 무기인 신창 궁니르의 이름을 딴 아티팩트 궁니르를 제작해 판매하고 있었다.

그 때문에 미야모토 신타로는 한국만 생각하면 속이 부글부글 끓는 것만 같았다.

언제나 일본을 방해하는 무지한 족속들이라며 언젠가 기회가 있다면 모두 쓸어버릴 거라 다짐하는 그였다.

그런 그는 보지는 못했지만, 그 궁니르란 아티팩트보다도 지금 눈앞의 용살 검이 훨씬 강력한 무기라 생각했다.

"혹시 추가로 더 생산이 가능한가?"

이 용살 검을 든 일본의 헌터 부대를 떠올린 미야모토 신타로는 흥분을 금치 못하고 상기된 표정으로 물었다.

하지만 기대와는 달리 대답은 부정적이었다.

"이것보다 성능을 떨어뜨린다면 모를까… 이 정도 능력

을 가진 마병을 여럿 만드는 것은 불가능합니다."

"하지만……."

"게다가 현재 저희 일본의 헌터들 중 용살 검을 다룰 수 있는 헌터는 한 손에 꼽을 정도입니다. 그럴 바엔 차라리 성능을 낮춰 여러 개를 만드는 편이 훨씬 효율적일 겁니다."

칼리크는 일단 마족 대장장이인 카크로크가 만들 수 있는 최고의 마병을 보여 준 뒤, 이보다 성능이 떨어지는 마병을 여럿 만들어 퍼뜨릴 생각이었다.

사용할 수 없는 마병보다 누구나 사용할 수 있는 마병을 퍼뜨리는 편이 좀 더 빠르게 일본을 점령할 수 있다고 생각했기 때문이다.

이러한 칼리크의 계획을 알지 못하는 미야모토 신타로는 그저 그가 하는 말을 듣고 어느 것이 일본에 더 이득일지 계산할 뿐이었다.

용살 검의 성능이 엄청 뛰어나긴 하지만, 그의 말대로 그것을 제대로 사용할 수 있는 헌터가 거의 없다시피 한 것이 현재 일본의 상태였다.

만약 제대로 사용할 헌터들이 많았더라면 망설일 필요도 없이 용살 검을 대량생산했을 것이다.

그렇기에 칼리크는 욕심이 앞선 미야모토 신타로를 진정시키며 그보다는 못하지만 일본의 헌터들이 사용할 수 있는 마병을 대량생산해 보급하겠다며 역제안했다.

미야모토 신타로는 그의 제안에 깊은 생각에 잠겼다.

무너진 일본의 헌터계를 대신해 몬스터로부터 일본을 지켜 주던 성신 길드가 전면 철수하였다.

S등급 헌터가 나왔고, S등급 헌터에 오를지도 모를 세 명의 후보가 나왔다는 소식에 너무나도 성급하게 성신 길드에 대한 혜택을 회수했다.

뿐만 아니라 외국 헌터에게 적용되는 고비율의 세금 정책을 적용하려 한 것이 화가 되었다.

그렇게 안전을 책임져 주던 성신 길드가 철수를 하는 바람에 지금 일본은 비상이 걸렸다.

당연하게도 이는 헌터 협회장인 미야모토 신타로나 총리인 고이즈미 도조의 예상에는 전혀 없는 결과였다.

그리고 더욱 예상외인 것은 성신 길드에 가입한 일본인 헌터들이었다.

S등급 헌터의 탄생뿐만 아니라 전체적인 헌터들의 등급이 제법 올랐기에 일본의 헌터들만으로 충분히 위기를 극복할 수 있다는 생각에 그런 결정을 내렸다.

하지만 설마 자국의 헌터들이 일본이 아닌 성신 길드를 선택해 그들과 함께 일본을 떠날 줄은 상상도 못한 것이었다.

하지만 전혀 예상하지 못한 일본 수뇌부들과는 달리, 이 결과를 예상한 이들은 제법 있었다.

역사 속에서 일본인들이 보여 준 모습을 생각하면 당연한 것이었다.

일본인들은 오래전부터 국가나 단체의 수장이 선택한 사항은 무조건적으로 따랐다.

조금이라도 반항했을 때, 첩자나 불순분자로 몰아 잔인하게 죽였기 때문이다.

뿐만 아니라, 현대에는 법이란 존재 때문에 그럴 수 없게 되자, 사회적으로 고립시켜 결과적으로 전국시대와 같이 정상적인 삶을 살지 못하게 만들었다.

과거부터 현대까지 오랜 시간 동안 일본인들 내면에 뿌리 깊게 자란 복종과 굴복이 머릿속에 세뇌되어 있었다.

그런 일본인들이 성신 길드의 길드장인 백강현의 압도적인 카리스마를 보고 따르지 않는 것은 오히려 이상한 일이었다.

다행히도 상당수의 고위 헌터들이 빠져나갔음에도 유키 히데오를 비롯한 세 명의 S등급 헌터 덕에 일본의 안전이 최소한으로 유지되고 있는 상태였다.

만약 그들이 출현하지 않았다면, 어쩌면 야마타노 오로치 때보다도 더 많은 피해가 발생했을지도 몰랐다.

만약 그랬다면 헌터 협회장인 자신은 그 책임을 물어 경질되었을 것이 분명한 일.

이런 생각 때문에 미야모토 신타로는 강한 무기를 눈앞에 두고도 그것을 제대로 활용할 수 없다는 사실에 화가 났다.

　그때, 문득 그의 머릿속에 생각 하나가 떠올랐다.

　'없으면 만들면 되는 거 아닌가?'

　없으면 만든다.

　마치 고위 헌터를 공장에서 찍어 내는 물건처럼 만들면 된다는 생각이 떠올랐다.

　이런 생각은 다름 아니라 칼리크와 함께 꾸민 쇼에서 재앙급 몬스터를 준비하던 기억에서 착안한 것이었다.

　"히데오 상! 혹시……."

　"왜 그러십니까? 더 할 이야기가 있습니까?"

　"혹시나 해서 물어보는 건데, 그거 있지 않습니까? 고지라!"

　"고지라? 그게 무슨……."

　느닷없는 고지라 타령을 하는 미야모토 신타로의 물음에 칼리크는 순간 그가 무슨 말을 하려는 것인지 감을 잡을 수가 없었다.

　그런 칼리크의 반응에 미야모토 신타로는 진지한 표정으로 계속해서 물었다.

　"헌터를 고지라처럼 강력하게 만들 수는 없는 것이오?"

　재앙급 몬스터의 마정석으로 재앙급 몬스터에게는 조금 못 미치는 몬스터를 인위적으로 만들어 조종했다.

　그렇다면 혹시 헌터도 마정석을 이용해 강한 헌터로 만들 수는 있지 않을까 하는 생각인 것이다.

'허⋯⋯.'

미야모토 신타로의 질문을 받은 칼리크는 속으로 깜짝 놀랐다.

설마 인간인 그가 먼저 그런 생각을 할 줄은 상상도 하지 못했다.

사실 칼리크는 일본을 장악하기 위해 자신의 수족이 될 다크 나이트를 제작하였다.

비록 죽음의 기사인 데스 나이트에 비해서 성능이 한참 떨어지지만, 현 상황에서 다크 나이트는 그리 나쁘지 않은 전력이었다.

만약 S등급 헌터의 시신이 있다면 데스 나이트를 충분히 제작할 수 있지만, 그건 불가능에 가까운 일이었다.

그도 그럴 것이, 현재 그들의 능력이 S등급 헌터를 상대할 정도는 되지 않기 때문이다.

그런데 어떻게 S등급 헌터의 시신을 확보한다는 말인가.

그렇기에 칼리크를 비롯한 마족들은 다크 나이트를 제작했다.

데스 나이트에 비하면 비교적 제작하는 과정이 쉬운 편이지만, 객관적으로 봤을 때 마냥 쉬운 것은 아니었다.

차원을 넘어오면서 떨어진 마력으로 인해 만들 수 있는 다크 나이트의 수는 겨우 열 기에 불과했다.

그것도 지구에 적응한 마족들의 마력을 모조리 모아 만든 것이 그 정도였다.

하지만 숫자보다 더 중요한 것은 사람들의 시선을 피하는 일이었다.

마력이야 시간이 흐르면 다시 차지만, 한 번 인간들의 관심을 받게 되면 다크 나이트를 만들 시간을 내기가 힘들어질 것이 뻔했다.

때문에 인간의 시선을 피해 만든 최대의 숫자가 열 기밖에 안 되는 것이었다.

마음 같아서는 더 많은 다크 나이트를 만들고 싶지만, 현재 상황에선 불가능했다.

그래서 사람들의 관심을 억지로 돌리기 위해 재앙급 몬스터의 출현이라는 쇼와 마병을 만들어 뿌린 것이다.

한데 어떻게 해결할 방법이 없을까 고민하던 찰나에 그 해결 방안을 인간이 제시하고 있었다.

"설마 협회장님은 그 인형처럼 강력한 힘을 가진 헌터를 만들 수 있느냐고 물어보신 겁니까?"

행여 미야모토 신타로의 의도를 잘못 파악했을까 싶어 칼리크는 한 번 더 물었다.

"대 일본 제국을 위해서 작은 희생 정도는 당연한 것이지 않나? 비록 명령에 움직이는 인형처럼 된다 하더라도 지성이 아예 사라지는 것도 아니고 말이야."

일본에 탄생한 S등급 헌터의 강함을 선보이기 위해 유키 히데오가 가져온 재앙급 몬스터는 미야모토 신타로에게 새로운 가능성을 안겨 주었다.

인간의 명령을 듣는 몬스터라니.

그것은 지금까지 단 한 사람만 가능한 일이었다.

하지만 그 한 사람이 문제였다.

바로 그 사람의 출신이 한국인 것이었다.

어떻게 그 작은 땅덩어리에서 그렇게나 많은 능력자들이 나오는 것인지 참으로 이해하기 힘든 족속이라 생각하는 미야모토 신타로였다.

헌터들의 정점이라 할 수 있는 S등급 헌터가 다섯 명이나 나오고, 거기에 재앙급 몬스터와 일대일로 싸울 수 있는 헌터가 나오지를 않나.

심지어 인류 최초로 몬스터를 길들여 이용하기까지 하였다.

생각할수록 너무나도 배가 아파 오는 일뿐이었다.

하지만 이제 더 이상 배 아플 필요가 없다 생각하니 얼굴에 웃음이 피는 그였다.

이제 일본에도 그와 비슷한 능력을 가진 능력자가 나타난 것이다.

비록 몬스터를 길들이는 것은 아니지만, 아니, 어쩌면 이것이 더 나은 능력이라 할 수 있었다.

무려 재앙급 몬스터를 만들어 조종하는 능력.

정말 듣도 보도 못한 능력이 아닐 수 없었다.

만약 미야모토 신타로가 말한 것처럼 강력한 헌터를 인위적으로 만들어 내는 일이 가능하다면, 일본은 강력한 무력을 단숨에 가질 수 있었다.

그것도 자유의지가 제한된 상태에서 명령을 무조건적으로 따르는 꼭두각시 군대.

강력한 헌터 집단을 수족처럼 부릴 생각을 하며 미야모토 신타로는 진지한 표정으로 물었다.

그런 미야모토 신타로의 기세에 칼리크는 마족임에도 불구하고 순간 위축되었다.

'무슨 인간이…….'

마족보다 더 사악한 계획을 아무렇지도 않게 이야기하는 미야모토 신타로의 모습에 칼리크는 잠시 할 말을 잊었다.

하지만 그것도 잠시, 그가 한 제안은 칼리크에게 너무나도 솔깃한 이야기였다.

"가능합니다."

"오, 역시 S등급 헌터는 다르군."

가능하다는 말에 미야모토 신타로의 눈이 반짝였다.

"그럼 어느 정도까지 강한 헌터들을 만들 수 있는가?"

"흠, 헌터 등급을 한 단계 정도는 높일 수 있습니다."

칼리크는 몬스터의 마정석을 이용해 만들 수 있는 다크

나이트의 성능에 대해 설명했다.

"다만, 7등급 고위 헌터 정도의 능력을 가지게끔 만든다면, 통제하기가 힘들어집니다. 어떻게 하실 생각이십니까?"

마족인 자신들이라면 상관없지만, 인간인 미야모토 신타로가 7등급 헌터 정도의 능력을 가진 최상위 다크 나이트를 통제하기란 불가능했다.

그 때문에 물어본 것이다.

하지만 칼리크는 눈앞에 있는 미야모토 신타로 회장의 욕심을 예상하지 못했다.

"그럼 혹시 통제 장치도 만들 수는 없나? 통제할 능력이 부족하다면 그걸 가능케 하는 수단이 있으면 되지 않겠나?"

'허어……'

미야모토 신타로 협회장의 말에 칼리크는 속으로 다시 한번 신음을 터뜨렸다.

마치 모든 것을 알고 있다는 듯 이야기하는 그의 말에 칼리크는 그동안 이 인간을 너무나도 쉽게 생각한 게 아닌가 잠시 고민해야 했다.

'우리보다 더 마족에 가까운 존재다.'

단순히 사악함과 비열함만 놓고 보자면 그들보다도 마족의 근원에 더 가까워 보였다.

하지만 놀람과는 별개로 칼리크는 미야모토 신타로의 제안을 받아들이기로 했다.

다크 나이트를 만드는 것은 그에게 절대로 나쁜 일이 아니기 때문이다.

아무리 다크 나이트에 대한 통제 장치를 준다 해도 장치는 장치일 뿐이다.

결국 명령에 대한 통제권은 다크 나이트를 만들 수 있는 자신에게 우선권이 있었다.

그러한 사실을 모르는 인간에게 통제 장치를 만들어 주어 안심시키고, 자신들은 명분을 가지고 보다 많은 다크 나이트를 만들기만 하면 되는 것이다.

그렇게 이 일본을 차지할 계획을 차근차근 이루어 나가면 된다.

'그때 가서 너무 억울해하지 말거라. 애초에 너희가 원한 일이니.'

마족인 칼리크가 그런 생각을 하고 있을 때, 미야모토 신타로는 또 그만의 생각에 빠졌다.

'만약 그것들이 내 손에 들어온다면 더 이상 내 위에는 아무도 없다. 오로지 천황 폐하뿐이다.'

현재 일본의 총리를 비롯한 지도층들은 마치 일본의 막부 시대 지사들처럼 일왕에 대한 충성심이 대단했다.

그러면서도 권력에 대한 탐욕이나 오래전 강력한 힘으로 아시아에 크나큰 피해를 일으킨 제국주의 인사들과 같이 욕망이 어마어마하였다.

그 때문에 무리해서 야마타노 오로치 레이드를 하게 된 것이다.

그 대가는 일본의 국력이라 할 수 있는 헌터 전력을 날려 먹는 것으로 받게 되었지만 말이다.

그로 인해 미야모토 신타로는 한때 숙청될 뻔했다.

자신을 위협하는 총리 이하 대신들, 그들에게서 위협을 받은 기억이 있기에 미야모토 신타로는 또다시 그런 경험을 하고 싶지 않았다.

그러기 위해선 자신이 권력의 정점에 올라야 한다는 생각 뿐이었다.

이렇게 스스로의 욕망에 삼켜진 인간과 이를 이용하려는 마족은 한동안 말을 하지 않고 가만히 서로를 쳐다보았다.

2. 흔적을 찾다

일본인들이 환호하기 시작했다.

일의 발단은 일본의 헌터 협회장인 미야모토 신타로 회장의 발표 때문이었다.

일류 국가를 표방하는 일본은 오래전부터 몬스터가 가진 힘의 비밀을 연구해 왔다는 것이다.

그리고 드디어 일본 과학자들의 노력으로 그 비밀이 밝혀진 것은 물론이고, 이를 헌터들에게 적용할 수 있게 되었다고 발표하였다.

각성 헌터가 아닌 시술 헌터가 맹수의 유전자를 통해 보다 강한 신체 능력을 선보이는 것처럼 몬스터가 가진 힘의 비밀을 알게 됨으로서 그 힘을 인간도 가질 수 있다는 것이 그 내용이었다.

물론 그 힘은 아무나 가질 수 있는 것이 아닌, 오로지 헌터여야만 가능하다는 조건이 붙었다.

이는 헌터들의 몸에는 몬스터와 같이 강력한 힘을 내는 어떤 에너지 물질이 생성되기 때문이란 이유에서였다.

그러면서 헌터 협회에서 이런 실험을 하기 위해 지원자를 받는다는 말을 하였다.

이런 헌터 협회의 발표에 사람들은 처음엔 환호했지만, 생체 실험의 지원자를 받는다는 말에 금방 관심이 시들해졌다.

하지만 그것도 잠시, 연이은 발표 내용에 일본인들은 다시 환호성을 내지를 수밖에 없었다.

마치 마약에라도 취한 것처럼 그들은 헌터 협회장인 미야모토 신타로를 연호했다.

그도 그럴 것이, 이미 1차 실험이 성공적으로 끝났다는 이야기를 하였기 때문이다.

그와 함께 발표장에서 1차 실험을 마친 헌터가 선보인 시범은 마약을 한 사발 들이킨 것처럼 일본인들을 취하게 만들기에는 충분했다.

마치 전국시대의 무사를 연상시키는 복장을 한 그들이 칼을 꺼내 들고 시범을 보이는 것은 물론이고, 발표장 전면에 설치된 커다란 스크린에 몬스터를 상대로 실전을 치르던 장면이 고스란히 나온 것이다.

자리에 있던 기자들은 물론이고, 모니터를 통해 영상을 보던 일본의 국민들은 놀람을 감출 수가 없었다.

사실 영상을 보던 사람들은 처음엔 자신이 SF 영화를 보고 있는 것이 아닌가 의심하기까지 했다.

그도 그럴 것이, 갑주를 입은 사무라이가 칼에서 검은색 연기와도 같은 검기를 두르고 몬스터를 상대로 전투를 벌이는데, 칼이 한 번 지나갈 때마다 몬스터의 팔과 다리가 두부처럼 손쉽게 절단되는 모습을 보였기 때문이다.

하지만 사람들은 곧 그 장면이 결코 과장된 영상이 아니란 것을 알게 되었다.

이 영상이 사실인지 알 수 있던 이유는 영상 속 사무라이가 몬스터를 사냥한 뒤 투구를 벗었고, 발표장에서 시범을 보이던 무사 역시 동작을 멈추고 투구를 벗고 얼굴을 보였기 때문이다.

영상 속 사무라이가 발표장에서 칼을 빼 들고 시범을 보이는 인물과 동일인임을 알게 되자, 사람들은 조금 전 헌터 협회장의 발표가 사실이라는 것을 깨닫고 일제히 환호했다.

비록 S등급 헌터에는 미치지 못하는 퍼포먼스지만, 애초에 S등급 헌터는 손에 꼽을 수 있을 정도로 적은 숫자였다.

하지만 영상 속에서 몬스터를 레이드하던 헌터의 숫자는 대충 봐도 열 명은 되어 보였다.

이어진 헌터 협회장의 설명으로는 1차로 열 명의 고위 헌터가 만들어졌고, 그들의 능력이 6등급 몬스터를 일대일로 상대하여 사냥까지 가능하다는 것이다.

그것은 헌터에 대한 상식을 뒤집는 일이었다.

그동안 그것이 가능한 헌터는 세계 최고의 헌터 길드로 자리매김한 언체인 길드의 헌터들뿐이었다.

정확히는 그들도 6등급 몬스터는 혼자서 사냥하지 않고 세 명이 합공하여 잡았다.

그런데 헌터 협회장인 미야모토 신타로가 보여 준 영상에 나오는 자국의 헌터는 6등급 몬스터를 무려 혼자서 사냥하는 것이 아닌가.

이는 세계 최고의 헌터 길드라는 언체인 길드의 헌터들보다도 더 우수한 모습이 아닐 수 없었다.

그러다 보니 이를 보고 있던 일본인들이 환호하는 것은 당연한 일이었다.

한국인들이 그런 것처럼 일본인들도 한국에 지는 것을 원하지 않았다.

그런데 오래전부터 자신들이 앞서던 것이 하나둘 한국에 밀리더니, 헌터에 관한 문제에서는 단 한 번도 한국을 앞서 보지 못했다.

더욱이 얼마 전까지는 한국에서 온 헌터 길드에 자신들의 생명을 맡겨야만 했다.

다행히 일본에게도 S등급 헌터가 나오면서 안도하고 있었는데, 이렇게 또다시 엄청난 업적을 이룩한 일본 수뇌부들에게 찬사를 보내지 않을 수 없었다.

하지만 이들이 알지 못하는 것이 하나 있었다.

언체인 길드의 길드원들도 사실 마족들이 만들어 낸 다크 나이트와 비슷한 능력을 가지고 있다.

더욱이 언체인 길드의 헌터들은 다크 나이트처럼 명령에 따라 움직이는 수동적인 존재가 아닌 자유의지를 가진 채 생각하고 행동했다.

뿐만 아니라 그들도 얼마든지 일대일로 6등급 몬스터를 상대할 수 있음에도 불구하고 굳이 동료의 도움을 받는 이유는, 안전하게 사냥한다는 지침에 충실히 따르고 있기 때문이었다.

이런 사실들을 모르기에 일본인들은 소위 국뽕이라는 것을 느끼며 환호했다.

그와 동시에 무섭도록 많은 숫자의 헌터들이 실험에 자원하였다.

이미 1차 시험을 성공적으로 끝냈다는 발표를 보았기에 자신들의 안전이 확보된 상태라 믿는 것이었다.

조금이라도 더 강해지고 싶다는 생각에 자유의지를 잃고 꼭두각시가 되는 실험이라는 것도 모르고 자원하고 있었다.

처음 수뇌부들이 예상한 지원자는 100명이었다.

그리고 이 100명의 헌터가 실험에 성공하게 된다면, 다시 2차 지원자를 받고 규모를 늘릴 계획이었다.

하지만 예상외로 일본의 헌터들은 너나할 것 없이 지원하는 바람에 10분이 채 지나지 않아 1만 명의 헌터가 지원한 것이다.

더 이상 지원자를 받았다가는 헌터 협회 서버가 터질 위기에 처하자, 급하게 지원을 마감하기에 이르렀다.

물론 1만 명의 지원자를 모두 다크 나이트로 만들기 위해 받은 것은 아니었다.

다크 나이트는 데스 나이트를 만드는 것보다는 원활하지만, 그렇다고 쉬운 공정도 아니었다.

무엇보다 소모되는 자원이 엄청났다.

그러니 어중이떠중이 같은 헌터들까지 모두 받기보단 지원자 1만 명 중 가려서 받고 헌터 등급이 높은 순으로 500명을 추렸다.

원래 계획보다 400명이나 많은 숫자였지만, 그 정도는 지금까지 모은 자원으로 충분히 만들고도 남을 거라는 판단이었다.

그렇게 일본은 흥분의 도가니로 뜨거워졌다.

*　　　　*　　　　*

한편, 마계의 흔적을 찾기 위해 여기저기를 돌아다니던

재식은 빌딩의 벽면에 설치된 옥외 간판에서 흘러나오는 미야모토 신타로의 발표를 지켜보고 있었다.

지구에 침투한 마계의 존재들의 흔적을 찾기 위해 성신 길드까지 찾아가 길드장인 백강현에게 조언을 구했다.

약간의 문제가 있기는 했지만, 백강현에게서 어느 정도 힌트를 얻어 조사할 수 있었다.

하지만 마치 백사장에서 떨어진 바늘을 찾는 식이라 아무리 조사를 해도 그 흔적을 쉽게 찾을 수가 없었다.

그런데 이렇게 어처구니없게 마계의 흔적을 찾게 될 줄은 재식으로서도 상상하지 못했다.

'뭐야. 설마 마계의 흔적이 일본 헌터 협회에…….'

인류를 멸망시키고 지구를 자신들의 세계로 만들 생각인 마계의 존재를 막기 위해 이토록 자신이 동분서주할 때, 정작 일본인들은 그들과 손을 잡고 있던 것이다.

인류를 말살하는 데 이용되는 줄도 모르고 말이다.

오래전 일제강점기 때, 일본인들에 의해 도구로 전락한 일제 부역자들처럼 일본인들은 마계의 존재들에게 속아 몬스터가 되기 위해 자원하고 또 그에 환호하고 있었다.

'다크 나이트.'

재식은 화면 속 몬스터를 썰어 버리는 무사의 정체를 알아보았다.

어둠의 마나를 이용해 선천지기를 자극한다.

그로 인해 보다 더 강력한 신체 능력을 가지게 되는데, 생체 에너지는 점차 오염이 되어 서서히 마기로 바뀌게 된다.

그렇게 선천지기와 생체 에너지 모두가 마기화되면, 그 존재는 다크 나이트라 불리게 되는 것이다.

이때 다크 나이트의 능력은 6등급 몬스터 못지 않다.

물론 6등급 몬스터를 상대하는 다크 나이트는 일반적인 것이 아닌, 마족이나 고위 흑마법사에 의해 만들어지는 최고급 다크 나이트지만 말이다.

그런데 그런 최상급 다크 나이트로 보이는 존재들이 열 기나 보였다.

이는 어디까지나 최상급 다크 나이트가 '최소' 열 기란 소리였다.

그 정도 전력이면 재앙급 미만의 몬스터는 그것들만으로 충분히 레이드가 가능하다 볼 수 있었다.

일대일로도 6등급의 몬스터를 상대할 수 있는데, 열 기면 6등급 엘리트 몬스터도 충분히 상대가 가능하지 않겠는가.

더욱이 다크 나이트는 겉으로 보기에는 인간과 같은 크기라 덩치가 큰 6등급 몬스터에 비해 힘이 약할 것이라 생각할 수도 있었다.

하지만 다크 나이트는 겉보기와 다르게 상당히 강한 힘을 가지고 있다.

강한 힘뿐만 아니라 생전에 가지고 있던 기술을 능숙하게 사용할 수 있다는 것이 강점이었다.

비록 살아 있는 존재가 아닌, 언데드에 불과했지만 말이다.

하지만 저급한 언데드와는 달리 영혼이 육체에 속박된 존재이다 보니 생전의 기억과 함께 약간의 사념이 존재하기에 다크 나이트가 무서운 것이었다.

인간처럼 완벽하지는 않지만, 약간의 자아가 있기에 다크 나이트는 단독 행동을 할 때보다 집단으로 행동을 할 때 그 진가가 발휘된다.

그리고 데스 나이트와 같은 지휘 계통이 추가되면, 이때부터 다크 나이트는 재앙급 몬스터에 준하는 파괴력을 가지게 된다.

그 때문에 데스 나이트가 무서운 것이다.

한 기만 있어도 데스 나이트는 무서운 존재이지만, 그 휘하 언데드 군단이 추가로 구성되면 몬스터 웨이브 이상의 파괴력을 가진다.

더욱이 데스 나이트는 죽은 시체를 언데드로 부활시켜 자신의 휘하로 거둔다.

물론 고위 마법사가 흑마술을 이용해 죽음을 회피한 리치보다는 못하지만, 데스 나이트 또한 죽음에서 일어난 존재이기에 그것이 가능했다.

다행이라면 데스 나이트는 그 생성이나 만들어지는 과정이 너무나도 복잡하고, 또 특별한 존재가 필요했다.

때문에 지구에서 데스 나이트가 출연할 가능성은 사실상 불가능에 가까웠다.

　만약 S등급 헌터가 죽기 전 칼리크 정도의 상급 마족에게 자신의 신체를 넘겨주지 않는 이상, 데스 나이트는 만들어질 수 없었다.

　다만, 다크 나이트는 달랐다.

　5등급 헌터나 그보다 낮은 4등급 헌터들을 재료로도 충분히 다크 나이트로 만들 수 있었다.

　물론 그렇게 되면 만드는 데 들어가는 자원에 비해 만들어진 다크 나이트의 성능이 너무나도 기대에 못 미치기 때문에 굳이 4등급 헌터의 신체를 가지고 다크 나이트를 만들 이유는 없었다.

　차라리 그 시체로 스켈레톤 나이트를 만드는 것이 더 효율적이라 할 수 있었다.

　비록 스켈레톤 나이트는 자아가 없기에 다크 나이트보다 썩 좋다고 말을 할 수는 없었다.

　하지만 4등급 헌터의 시체로 만든 다크 나이트보다는 훨씬 나았다.

　— 보시는 것처럼 우리 일본의 과학자들은 몬스터가 어떻게 강해진 것인지 그 비밀을 알게 되었습니다. 그리고 그것을 헌터에게 접목하는 방법 역시 알아냈습니다. 천황 폐하와 나라를 위해 몸 바칠 애국자들의 지원을 받습니다. 그리고⋯⋯.

커다란 스피커에서 미야모토 신타로의 연설이 흘러나오고 있었다.

이에 거리를 걷던 일본인들이 하나둘 가던 길을 멈추고 그것을 쳐다보았다.

와아!

여기저기서 일본인들이 삼삼오오 모여 환호성을 지르는 모습이 재식의 눈에 들어왔다.

아무것도 모르는 일본인들의 눈에는 저것이 어떤 의미를 가지는 것인지 알지 못할 터였다.

그저 눈에 보이는 장면만 믿고 환호를 보내는 중이다.

겉으로 보이는 것이 전부가 아니다.

일본인들뿐만 아니라 현대인들 대부분이 그렇지만, 모든 것을 눈으로 본 것만을 진실이라고 여긴다.

그 실체를 파악하지 않은 채 말이다.

그러한 잘못된 방식 때문에 인류는 기나긴 세월 동안 많은 과오를 경험하였다.

1차 세계대전이 그랬고, 2차 세계대전이 그러했다.

또한 공산주의, 파시즘, 군국주의가 그러했다.

그중 일본은 2차 세계대전 당시, 아시아인들을 상대로 엄청난 잘못을 저질렀다.

같은 인간임에도 불구하고, 실험이란 미명 아래 인류사 가장 잔혹한 범죄를 저지르는 것을 서슴지 않았다.

가령 동상 실험이 있다.

사람들의 손발을 묶고 그곳에 동상이 걸리게 한 뒤, 시간 의 경과에 따라 어떤 변화를 보이는지 체크했다.

그것도 모자라 칼이나 몽둥이로 내리쳐 얼마나 고통을 느 끼는지 관찰하였다.

인간이라면 감히 시도조차 못할 악한 짓을 자행하면서도 일 본인들은 그것을 인류 의학의 발전이라고 변명을 늘어놓았다.

참으로 겉과 속이 다른 이들이다.

정확하게 말하면 겉과 속이 다른 위정자들이라고 하는 편 이 맞을 것이다.

권력을 자손에게 대대로 물려주기 위해, 혹은 자신의 권 력을 보다 더 공고히 하기 위해 일본의 권력자들은 인간성 을 버리고 인간을 마루타라 부르며 생체 실험을 감행했다.

그러면서도 그들은 똑같은 전범인 독일의 나치가 전쟁이 끝나고 모두 처벌을 받았을 때에도 일본의 전범들은 만들어 둔 자료를 연합국 중 하나인 미국에 넘기며 협상을 하였다.

그렇게 죄를 은닉하고 피해자들과 일본의 침략을 받아 폐 허가 된 나라에 그 어떤 사과도 하지 않았다.

그에 반해 독일은 계속해서 나치에 의해 자행된 범죄행위 에 대해 사과하고 잘못을 반성했다.

하지만 일본은 자신들에 의해 선진 문물이 전파되었다는 황당한 말을 하며 여전히 사실을 부인한 채 회피 중이었다.

그런 일본이 이번에는 인류의 생존에 위협이 되는 행동을 하려고 한다.

심지어 2차 세계대전 당시 벌인 전쟁 범죄와는 차원이 다른 문제였다.

인류의 존망이 걸린 문제.

그렇지만 이를 모르는 평범한 일본인들은 자신들의 지도자들이 어떤 짓을 하려는지 그 의도를 알지 못하고, 아니, 파악하려고 노력조차 하지 않고 환호만을 보내고 있었다.

'모르는 게 죄라는 말이 바로 이런 것을 두고 하는 말이구나.'

재식은 미야모토 신타로의 발표에 환호를 보내고 있는 일본 국민들의 반응을 보며 속으로 생각했다.

고대 그리스에는 무지가 죄라는 말이 있었다고 한다.

벌어지는 일에 의심하지 않고 무조건적인 믿음으로 환호하는 것은 현대 사회에서 무척이나 지양해야 할 행위다.

하지만 일본인들은 그런 성향이 거의 없는 듯 보였다.

그냥 봐도 평범하지 않는 외모와 기질이다.

헌터들이 보여 주는 것보다 음습하고 가까이하기 힘든 모습을 분명히 보여 주고 있음에도 그저 단순하게 몬스터를 죽였다는 것만으로 환호를 보낸다.

어쩌면 이런 것 때문에 마계의 존재가 저렇게 버젓이 헌터 협회에 힘을 보여 주는 것이 아닐까 싶었다.

재식은 날카로운 눈빛으로 일본인들을 훑었다.

*　　　　　*　　　　　*

마계의 존재에 대한 단서를 찾았다.

다만, 그들은 재식의 예상을 뛰어넘어 벌써 일본의 헌터 협회에 깊숙이 관여하고 있었다.

사실 재식은 마계의 존재들이 지구로 넘어왔다고 해도, 지구에 적응을 하기 위한 시간, 혹은 자리를 잡기 위한 시간이 필요할 것이라 생각했다.

마계의 존재는 칸트라 차원의 중간계 생명체인 몬스터들과는 달랐다.

챠콥으로 인해 비롯된 기억에 의하면, 마계의 존재들은 칸트라 차원의 중간계에 나오는 것조차도 제약이 심해 본연의 능력을 온전히 발휘할 수 없었다.

그런데 이곳 지구는 그런 마계의 존재들이 묶인 칸트라 차원도 아니고 전혀 다른 차원이었다.

그 말은 칸트라 차원의 중간계에서 활동을 하는 것보다 더 제약이 심하다고 할 수 있었다.

이는 아무리 강대한 절대자, 아니, 차원의 관리자인 신이라고 해도 결코 예외가 아니다.

각 차원을 이루는 구성은 관리자라도 임의로 바꿀 수가

없으니, 당연히 차원을 넘어온 존재 역시도 마찬가지였다.

그런데 재식의 예상은 보기 좋게 빗나갔다.

무슨 일이 벌어진 것인지 모르지만, 마계에서 온 존재, 혹은 존재들이 벌써 일본에서 뿌리를 내린 것으로 보였다.

다행이라면 인류에 큰 영향을 줄 만한 사건이 아직 일어나지 않았다는 점일까.

다만, 얼마 전 일본의 헌터 협회장이 발표한 다크 나이트 양성 계획은 나중에 큰 위협으로 다가올 수 있으니 조사를 해야만 했다.

그리고 조사하다 보면 분명 마계의 존재도 확인할 수 있을 것이라 재식은 생각했다.

그런 생각으로 일본의 헌터 협회가 하려는 일을 예의 주시하며 조사해 보았지만, 의외로 보안이 철저해 어디서 다크 나이트를 제조하는지 알 수가 없었다.

그렇게 벌써 한 달이나 시간을 허비하고 말았다.

아무리 재식이 세계 최강의 헌터이고 초월급 몬스터도 막아 낼 수 있는 헌터라 하지만, 결과 없이 몸을 굴리기만 하다 보면 지칠 수밖에 없었다.

마계의 존재에 대한 확실한 흔적을 찾고 그것을 처리하기 전까지는 최상의 컨디션을 유지해야만 했다.

그것들이 어느 정도의 능력을 가지고 있는지, 혹은 어떤 기괴한 권능을 가지고 있는지 알 수 없으니 최대한 조심하며 준비를 해야만 했다.

이는 최상급 정령들에게서 들은 이야기기에 지친 와중에도 재식은 마계의 존재에 대한 경각심을 결코 누그리지 않았다.

터벅터벅.

"혼자서 조사를 하려니 힘드네……."

숙소로 정한 호텔로 돌아가는 길, 재식은 혼자 중얼거렸다.

하지만 정말로 혼자 마계의 존재에 조사하는 것이 심적으로 힘들었다.

어떻게 된 일인지 한 번은 물의 최상급 정령인 슈마리온을 소환해 마계의 존재에 대한 기운이 느껴지는지 물었다.

4대 원소의 정령 중 물의 정령은 생명과 정화를 담당한다.

그러니 대자연의 마나를 오염시키는 마기를 품은 마계의 존재가 중간계에 나타나면 가장 먼저 이를 알아채곤 했다.

이러한 정보를 정령들과 계약하면서 알 수 있었다.

하지만 어째서인지 마계의 존재에 대한 흔적이 보이지 않는다는 슈마리온의 말에 재식은 무척이나 당황하였다.

차콥이 물려준 기억이나 정령들이 들려준 정보에 의하면, 마계의 존재는 그 기운이 중간계와 너무나도 달라 바로 흔적을 남기는 것으로 알고 있다.

끝끝내 흔적을 찾기는 했지만, 그 흔적이 너무나도 미약할 뿐더러 아주 오래전에 남겨진 흔적이었다.

때문에 지금은 너무나도 시간이 흘러 흐릿한, 정말로 무언가 있었다는 흔적만이 남아 더 이상 어떤 정보도 제공하지 못하는 것이었다.

그래서 재식은 어쩔 수 없이 일본의 헌터 협회 주변만을 살피고 있었다.

안타깝게도 아직까지 어떤 단서도 찾지 못했다.

그렇게 호텔로 터덜터덜 걸어가며 한숨을 내쉬던 찰나.

꺄아! 우읍! 읍!

어디선가 희미하게 여자의 비명 소리가 들려왔다.

그러고는 뒤이어 뭔가 답답한 듯 희미한 소리도 들려왔다.

'뭐지? 설마……'

평소라면 듣지 못했을 아주 희미한 소리였지만, 마계의 존재에 대한 경각심 때문에 온 감각이 예민해져 있던 재식이기에 분명히 들을 수 있었다.

타타타타!

자신과 연관은 없지만, 재식은 자신도 모르게 조금 전 소리가 들린 방향을 향해 서둘러 뛰어갔다.

분명 개인주의가 만연한 일본인이라면 다른 사람의 일에 별 관심을 두지 않을 터였다.

그것을 방증하듯 비명 소리가 나는 근처에 다른 사람들이 있음에도 아무런 반응을 보이지 않았다.

재식은 이를 악물었다.

재식은 짧은 순간임에도 한국을 떠올렸다.

타인의 고난에 결코 무심하지 않고 관심을 보이며 도움을 주기 위해 노력을 하는 한국인.

물론 모든 한국인들이 그런 것은 아니다.

시대가 변해 물질적 사회가 도래했다.

돈이 최고라는 황금만능주의가 만연하고, 또 몬스터의 출현으로 인명이 하루에도 몇 백씩 죽거나 실종되다 보니 점점 각박해져 가고는 있다.

하지만 공동사회로 더불어 살아가는 사회이다 보니 아직까지 한국인의 의식 속에는 이런 정신이 남아 있었다.

분명 한국인이라면 이런 비명을 무시하지 않을 터였다.

재식은 설령 자신이 지구 최강의 헌터가 아니더라도, 한 줌의 무력이 없더라도 이렇게 행동했을 거라고 믿어 의심치 않았다.

그렇게 본능적으로 비명 소리가 들린 곳으로 달려간 재식은 그곳에서 세 명의 사내가 여자를 억지로 안은 채 어디론가 데려가는 모습을 목격하게 되었다.

"멈춰!"

그 모습이 결코 정상적이지 않음을 깨달은 재식은 곧바로 소리쳤다.

큰 소리에 세 사내는 당황했으나 소리를 지른 사람이 재식 한 사람이란 것을 알게 되자 잠시 서로 시선을 교환하더니 이내 씨익 웃기까지 했다.

자신들이 유리하다 생각해서인지 느닷없이 나타나 소리를 지르는 재식을 보면서도 별다른 동요를 하지 않았다.

잠시 뒤, 그들이 작게 나누는 이야기 속에서 재식은 백강현이 한 조언이 떠올랐다.

"뭐야? 혼자야?"

"호오, 아직 부족했는데, 먹잇감이 아주 제 발로 굴러들어 왔군그래."

"덩치를 보니 헌터 같은데?"

태연한 대화에 재식은 어이가 없었다.

"이야, 헌터라면 더 좋지."

"더 비싸게 쳐 주잖아. 끽해야 4등급 찌질이 아니겠어?"

이야기를 들어 보니 이런 일을 한두 번 해 본 게 아니었다.

심지어 납치 대상에는 일반인뿐만 아니라 헌터도 있는 것으로 보였다.

'이놈들 혹시?'

재식은 이야기를 듣고 문득 한 생각이 떠올랐다.

그렇게 찾아 헤매도 찾지 못한 마계의 존재와 연관이 있는 것은 아닌가 하는 생각 말이다.

물론 아닐 수도 있었다.

대격변 이후, 이런 식으로 납치나 실종 사태가 발생하였고, 또 몇몇 사례는 제약 회사에서 불법적인 생체 실험의 희생자로 판명되는 사건이 있었기 때문이다.

하지만 무엇 때문인지 재식은 지금 이들이 자신이 찾는 마계의 존재와 연관이 있다는 느낌을 받았다.

'그래. 이럴 때는 내 감을 믿자. 그냥 따라가자.'

원래 생각은 여자를 납치한 세 불한당을 제압해 여자를 구하는 것이었다.

그런데 이들이 나누는 대화를 듣고는 생각을 바꿨다.

이들은 단순한 납치범이 아닌, 어떤 목적을 가지고 전문적으로 사람들을 납치하는 자들이라고 생각했기 때문이다.

더욱이 일반적인 여성 납치가 아닌, 헌터일지도 모르는 자신까지 아무런 동요 없이 잡아가겠다는 이야기를 보니 결코 평범한 납치범이 아님을 알 수 있었다.

더욱이 세 명의 납치범의 능력을 살펴본 뒤, 자신에게 별다른 위협이 되지 않을 것임을 알기에 할 수 있는 생각이다.

그냥 살펴보는 것만으로도 이들이 헌터임을 알 수 있으며, 마법을 통해 자세히 살펴보니 6등급 정도로 보이는 일본에서는 상당히 높은 등급의 헌터들이었다.

그래 봐야 자신에 비하면 개미와도 같은 수준이지만 말이다.

한 손으로도 충분히 제압이 가능한 수준의 헌터 내지는 빌런이란 것을 알게 되자, 적당히 상대하다 잡혀 주기로 결정한 재식이었다.

"뭐 하는 놈들인지는 모르겠지만, 그 여자를 풀어 줘!"

재식은 마치 영화 속 히어로가 위기에 처한 여인을 구하기 위해 나서는 것처럼 조금 과장된 목소리로 소리쳤다.

"뭐야? 이놈 너무 영화를 많이 본 거 아냐?"

"큭큭, 꼴에 헌터라고 그러나 보지."

납치범들은 재식이 과장되게 소리친 것을 헌터이기에 그런 것이라 지레 짐작하고는 한마디씩 하였다.

"어휴, 귀찮다. 얼른 처리하고 가자."

"그래. 저놈 잡아가면 오늘 할당은 충분할 것 같다."

"일반인 세 명하고 헌터 하나면 충분하지."

말을 마친 납치범들은 순식간에 재식을 향해 달려들었다.

타타타타!

*　　　*　　　*

저벅저벅.

"누구냐."

발자국 소리가 울리는 지하도, 저 멀리서 누군가의 목소리가 들려왔다.

"나다, 와타나베."

와타나베는 걸음을 멈추지 않은 채 저 멀리 누군가에게 자신의 이름을 말했다.

그러자 방금 전 누구냐고 묻던 사람에게서 다시 한번 질문이 들려왔다.

"왜 이리 늦었나?"

"오다 헌터 하나 주워서 좀 늦었다."

"뭐? 헌터? 설마……."

뭔가 이상하다는 듯 뒷말을 흐렸지만, 와타나베는 별로 신경을 쓰지 않는 것인지 자신의 이야기를 하였다.

"걱정할 거 없다. 이놈 배경이 조금 신경이 쓰이기는 하지만, 그놈들은 이미 일본에서 철수했으니 알아도 큰 문제는 없을 거다."

와타나베는 자신의 어깨에 걸친 야마카타 켄지라는 헌터를 슬쩍 흘겨보고는 그렇게 대답했다.

그를 제압하고는 주머니를 뒤져 나온 신분증에서 그의 정체를 알게 된 세 명의 납치범은 운이 무척이나 좋다고 생각했다.

그도 그럴 것이, 야마카타 켄지는 자신들과 헌터 등급은 같지만, 3레벨이나 높은 헌터였기 때문이다.

만약 일대일의 상황이었다면 자신들이 졌을 뿐더러, 자신들의 수가 둘인 상황이라도 쉽게 결판이 나지 않았을 것이다.

지금이야 자신들이 빌런이 되어 사람들을 납치하는 일을 하고 있지만, 성신 길드가 일본에서 활동할 때는 그들과 함께 던전에 들어가 몬스터 레이드를 한 경험도 있다.

당시 성신 길드의 헌터들은 같은 등급의 헌터들에 비해 상당히 강했다.

헌터 등급이나 레벨과 상관없이 대형 길드의 지원을 받다 보니 여러 면에서 동급의 헌터에 비해 강한 것이 사실이었다.

그런데 이렇게 성신 길드 소속 헌터, 그것도 자신들보다 실력이 뛰어난 헌터를 제압한 것에 와타나베와 그 일행은 속으로 자부심을 느꼈다.

'성신 길드도 별거 아니었어.'

무려 셋이서 싸워 겨우 하나를 제압한 것이지만, 이들의 머릿속에는 공정함 같은 올바른 생각은 들어 있지 않았다.

그저 최강이라 불리던 성신 길드의 헌터를 자신들이 제압한 사실만이 머릿속에 남아 있을 뿐이었다.

"무려 6등급에 57레벨 헌터다."

마치 자신들의 사냥물을 자랑이라도 하듯 야마카타 켄지의 헌터 등급과 레벨을 떠들었다.

"오."

와타나베의 목소리를 들었는지 지하 광장에 몰려 있던 빌런들이 하나둘 그의 주변으로 몰려들었다.

그러고는 그가 내려놓은 사냥물을 구경하기 시작했다.

쿵!

와타나베가 어깨에서 재식을 내려놓자, 작은 소음과 함께 땅바닥에 너부러졌다.

'젠장……'

비록 바닥에 떨어졌지만, 큰 통증은 없었다.

이미 인간의 한계를 뛰어넘은 육체다 보니 이 정도 충격에 고통을 느끼지 않는 것이다.

하지만 통증과는 별개로 뭔가 기분이 나쁘다는 느낌 때문에 속으로 욕지기를 하였다.

'여긴 별거 없어 보이는데…….'

기절한 척하면서 주변을 살펴보았지만, 주변에는 별다른 것이 없었다.

그저 이곳이 버려진 지하철 역사나 그곳과 연결된 지하도 정도로 느껴졌다.

그리고 자신을 납치한 이들과 또 다른 빌런들이 납치해 온 피해자들의 기척이 느껴지는 것 말고는 특별한 것이 없었다.

'자, 이제 어떻게 할까…….'

지금 이들을 제압하고 피해자들을 구할 것인지, 아니면 좀 더 상황을 지켜볼 것인지 선택해야만 했다.

하지만 재식은 곧 자신이 무엇 때문에 이곳에 왔는지 생각하고는 조금 더 상황을 지켜보기로 결정하였다.

'아니지. 괜히 여기서 저들을 구하겠다고 나서다가 일을 그르칠 수는 없지. 저들에게는 미안하지만, 조금만 두고 보자.'

조급해지는 마음을 억지로 진정시키고는 조금 더 상황을

지켜보기로 하였다.

그렇게 속으로 마음을 달래며 얼마나 기다렸을까.

저 멀리서 누군가 이쪽으로 다가오는 소리가 들렸다.

덜컹덜컹.

일반적인 발걸음 소리가 아닌, 무언가 커다란 물건을 끌고 오는 듯한 소리가 들렸다.

그리고 그와 함께 많은 사람들이 접근하는 발자국 소리도 들려왔다.

저벅저벅.

'또 다른 자들이 왔구나.'

납치범들이 사람들을 납치하면 또 다른 자들이 이들에게서 희생자들을 인계받아 어디론가 데려가는 것처럼 보였다.

재식은 계속해서 기절한 척을 하면서 사태를 지켜보기로 하였다.

'일이 잘 풀리는군. 이대로 끝까지 가 보는 거야.'

3. 이시이 제약 연구소

하얀 가운을 입은 사람들이 붉은 용액이 든 커다란 캡슐들 사이를 분주히 돌아다니며 무언가를 살피고 있었다.

여섯 명의 연구원이 캡슐 안의 무언가를 살피며 체크하고 있고, 그런 연구원들의 모습을 2층에 있는 유리창으로 살피는 이들이 있었다.

"이곳의 인간들이 말하는 과학이란 마법처럼 강한 것은 아니지만, 간혹 유용하군그래."

벰브로스는 1층의 넓은 연구 시설에 놓인 캡슐들을 내려다보며 작게 중얼거렸다.

"이 차원의 과학이란 것을 무시하지 마라. 저들이 말하는 과학 중 어떤 것은 별것 아닌 것도 있지만, 특정 분야에서는 우리가 상상도 못한 파괴력을 지닌 것도 있다. 특히……."

상급 마족 벰브로스의 말에 또 다른 상급 마족인 탈라크가 그의 말을 받아 대답하였다.

탈라크 역시 창문 너머로 보이는 이곳 이시이 제약의 연구원들을 쳐다보며 중얼거렸다.

마족, 그것도 차원을 넘은 마족 중에서 가장 강한 이들 중 하나인 탈라크는 놀라움을 느끼고 있었다.

아무런 권능도 가지지 못한 인간이 이만한 문명을 이룩하다니.

생각할수록 너무나도 경이롭고 또 감탄스러웠다.

탈라크가 이처럼 놀라는 것은 과학이 마법과는 너무나도 상반되면서도, 또 어느 정도는 비슷하다 여겨졌기 때문이다.

생명체가 살아가는 데 필요한 에너지, 즉 마력을 키우고 그것을 자신의 필요에 의해 가공한다.

단순히 활용만 하는 마법과는 다르게 물리법칙을 이용해 현상을 연구하고 가공하여 마법과 비슷한 효과를 흉내 낼 수 있었다.

지금 그가 보고 있는 다크 나이트 제작 캡슐도 그중 하나.

원래 흑마법으로 만들어지는 다크 나이트는 기사나 전사와 같은 무력을 지닌 대상이 필요했다.

그리고 그 외에 각종 마력을 품은 약재에서 정제한 마력과 그것이 잘 스며들게 하는 마법 술식도 필요로 하였다.

그렇게 모든 것이 준비되면 다크 나이트의 제작에 들어가는데, 이때 마법사는 약재에서 추출한 마력을 대상에 주입하는 것에 많은 심력을 사용한다.

그리고 마법사가 사용한 마력과 심력에 따라 완성되는 다크 나이트의 질이 좌우된다.

그것만으로 완성된다면 그렇게 마법사들이 입을 모아 까다롭다고 말하지도 않았을 것이다.

문제는 힘들게 제작함에도 간혹 실패한다는 것이었다.

이것은 원래 주입해야 할 흑마력을 충족하지 못해 일어나는 일이었다.

때문에 부족한 흑마력 이상으로 다시 한번 주입하면 그만이긴 했지만, 앞서 행한 제작 과정에서 탈진에 가까운 상태인 흑마법사에게는 가혹하다고 할 만큼의 힘든 일이었다.

물론 이처럼 실패를 겪는 건 인간 흑마법사에만 해당하는 말이고, 흑마법의 종주인 마족의 경우에는 실패할 이유가 전혀 없었다.

그럼에도 마족인 탈라크가 흥미를 가지고 현장을 지켜보는 이유는 하나였다.

제작 가능한 수.

아무리 상급 마족이라 하더라도 제작 과정에서 다크 나이트를 제작할 수 있는 숫자는 하나이다.

그것은 상급 마족을 초월해 중간계에서 마왕이라 불리는 귀족인 최상급 마족이라도 마찬가지다.

물론 최상급 마족이라면 최강의 언데드라 불리는 데스 드래곤이나 데스 나이트를 만드는 편이 좋았다.

굳이 성능이 떨어지는 다크 나이트를 만들 필요가 없었다.

사실 탈라크 역시 여건만 되면 다크 나이트가 아닌, 자신이 만들 수 있는 최고의 데스 나이트를 만들고 싶었다.

하지만 지구에서 데스 나이트를 만드는 일은 목숨을 걸어야 할 정도로 위험한 일이었다.

단순히 데스 나이트를 만드는 과정이 위험한 것이 아니라, 데스 나이트의 주체가 될 재료를 구하는 것이 목숨을 걸어야 하는 일이기에 위험한 것이다.

그도 그럴 것이, 데스 나이트를 만들기 위해선 인간이나 그와 비슷한 아인종의 시체가 필요했는데, 재료의 수준이 최하 마스터여야만 했다.

그래야 데스 나이트를 만들 때, 들어가는 흑마력을 수용할 수 있기 때문이었다.

아무리 시체라도 일정 이상의 흑마력을 견딜 수가 없었다.

그나마 마스터 정도는 되어야 주입되는 흑마력에 견디고, 또 주입된 마력을 이용해 영혼을 죽은 육체에 붙잡을 수 있었다.

게다가 그 영혼이 생전에 가지고 있던 경지를 마음껏 사용할 수 있는 것은 당연했다.

까다로운 과정에도 데스 나이트는 제값을 톡톡히 했다.

괜히 최강의 언데드 중 하나라고 불리는 게 아니니 말이다.

거기까지 생각이 미치자 탈라크는 작게 한숨을 내쉬었다.

만약 지금 서 있는 장소가 지구가 아니라 칸트라 차원이었다면, 데스 나이트를 만드는 것은 별로 대수롭지 않은 일이었다.

굳이 마계가 아닌 중간계에서조차 말이다.

마족은 중간계로 넘어가면 법칙에 의해 힘이 줄어든다.

하지만 그럼에도 불구하고, 탈라크 정도의 마족이라면 마스터 따위는 충분히 제압이 가능할 터였다.

하지만 지금은 단순히 마계와 중간계를 넘어온 것이 아닌, 칸트라 차원에서 지구를 넘어온 상태였다.

즉, 차원의 벽을 넘어왔기에 아무리 강력한 상급 마족이라도 지구에서의 능력은 겨우 마스터 정도에 불과했다.

사실 이것만 해도 엄청난 것이지만, 지구는 좀 유별한 차원이었다.

문명의 기반을 과학으로 삼아 발전했음에도 지구에는 마스터에 준하는 강자들이 많았다.

물론 칸트라 차원과의 비교 자체가 무안할 정도지만, 나름대로 강자들이 있는 건 사실이었다.

심지어 강력한 파괴력을 지닌 무기들과 과학 기술로 무장한 그들은 칸트라 차원의 강자들과 비교해도 전혀 꿀리지 않았다.

때문에 사실상 강자의 무력 정도를 비교하는 것은 쓸데없는 일이나 다름없었다.

지구의 인간들은 자신들의 차원을 파괴하고도 남을 만큼 강력한 무기를 보유하고 있었다.

비록 칸트라 차원의 절대자들이 가진 권능과 비교해서 어느 것이 더 강한지 판단하기에는 애매하지만, 1,000km가 넘는 지역까지 충격을 남길 정도로 강력한 위력을 가진 무기가 있다는 것만으로도 놀라웠다.

그리고 그게 아니더라도 지구의 인간들은 참으로 흥미로운 부분이 많았다.

지금 탈라크가 보고 있는 캡슐만 해도 그렇다.

상급 마족인 그도 한 번에 하나의 다크 나이트밖에 제작할 수 없는데, 이곳 인간의 과학은 한 번에 다수의 다크 나이트를 제작할 수 있도록 만들었다.

이 모든 게 과학의 힘.

때문에 탈라크가 연신 과학이라는 존재에 감탄하고 있는 것이다.

다크 나이트나 데스 나이트의 제작에 있어 가장 중요한 것은 대상에 마력을 주입하는 일이다.

이 작업은 무척이나 정교한 작업이기에 마법사가 직접 주입하면서 섬세하게 조정해야만 했다.

그런데 과학이라는 존재가 이러한 섬세한 작업을 직접 하지 않고도 정교하고, 또 원하는 만큼 주입할 수 있게 만들어 주었다.

숫자를 이용해 마법사의 감으로 마력을 주입하는 것보다 더욱 정교하게 컨트롤하고 있었다.

그 정확함과 신속함에 감탄하지 않을 수가 없었다.

뿐만 아니라 마력을 정제하는 것 또한 마법사가 경험을 통해 축출하는 것보다 기계를 이용해 축출하는 편이 훨씬 효율이 높았다.

같은 재료로 보다 많고 불순물이 적은 마력을 축출할 뿐만 아니라 작업 중에 작업자의 정신력을 깎아 먹는 하자조차도 없었다.

정말이지 압도적인 효율성이라 말할 수 있었다.

사실 한 번에 다크 나이트나 데스 나이트를 하나밖에 만들지 못하는 건 이처럼 정신력의 문제가 컸다.

기술력이 되고 의욕이 있다고 한들, 정신력의 소모를 마법사가 버티지 못하면 아무런 의미가 없었다.

만약 지금처럼 마법사가 다크 나이트나 데스 나이트 같은 언데드를 제작하는 데 정신력 소모가 없다면, 연이어 수천수백 기를 만들어 세계를 제패하였을 것이 분명하다.

하지만 현실은 그렇지 못했다.

데스 나이트나 다크 나이트와 같은 고위 언데드를 만들고 나면 마법사는 심한 심력 소모로 탈진하였고, 그 때문에 꽤나 오랜 기간 요양을 해야만 했다.

그리고 요양 기간에 차이가 조금 있을 뿐, 그것은 상급 마족이라도 당연한 일이었다.

하지만 바로 지금, 탈라크는 벰브로스와 함께 무려 300기나 되는 대량의 다크 나이트를 제작하는 중이다.

심력의 소모가 없다 해서 아무런 힘을 들이지 않은 것은 아니었다.

아무리 과학의 도움으로 심력 소모가 없고 손발을 대신할 인간들을 이용해 편해졌다지만, 다크 나이트 300기에 들어가는 마력은 그들의 것을 사용해야만 했다.

그들의 뜻대로 다크 나이트들을 움직이려면 별수가 없었다.

하지만 그 양이 무려 300기였다.

힘들지 않은 게 이상했으나, 다행히 지구에 몬스터들이 대거 출현했고, 그들의 몸에는 마정석이란 마나를 품은 물건이 있어 고생을 덜 수 있었다.

이처럼 편법을 이용해 마기와 비슷한 에너지를 만들어 내지 못했다면, 아마 제작되는 다크 나이트의 숫자는 지금보다 훨씬 줄어들었을 것이다.

아무리 지구 문물의 도움을 받았더라도 마기는 과학으로도 만들어 낼 수 없는 에너지이기 때문이다.

"그나저나 진척은 어느 정도 있었지?"

벰브로스는 이번 다크 나이트 제작의 감독을 맡은 탈라크에게 물었다.

키메라 제작이라면 최소한 상급 마족들 중에선 자기가 최고라고 자부했지만, 다크 나이트만큼은 흑마법을 특기로 하는 탈라크가 더 낫다 생각해 이번 프로젝트의 감독을 탈라크에게 맡긴 것이다.

"80% 정도 진행되었다."

"오, 그럼 앞으로 일주일 정도만 지나면 모두 완성되겠군. 성공적인 결과라 해도 과언이 아니야."

"그렇지. 예상한 것보다 훨씬 진척이 빠르군."

"다만… 다크 나이트를 완성하는 데 35일이라……."

벰브로스는 데스 나이트도 아니고, 고작 다크 나이트를 제작하는 데 30일이 넘게 걸린 것이 그리 마음에 들지 않았다.

일반적인 흑마법사도 아니고, 상급 마족인 그들이 다크

나이트를 만드는 데 30일이 넘게 걸린다는 것은 민망할 만한 일이었다.

아무리 늦어도 20일 정도면 상급의 다크 나이트를 만들어 낼 수 있는 존재가 바로 상급 마족이다.

하지만 그 두 배에 가까운 시간을 사용해 다크 나이트를 만들었다는 것에 벰브로스는 화가 났다.

"벰브로스, 그렇게 얼굴 붉힐 것 없다. 시간이야 조금 걸렸지만, 그래도 단 한 번에 300기의 다크 나이트를 만들었다. 오히려 기간이 짧게 걸린 편이니 너무 심려치 말도록."

탈라크는 벰브로스를 슬쩍 흘겨본 뒤, 차분한 말투로 그를 진정시켰다.

"하긴 수가 300이나 되면 그럴 수 있지. 내가 멍청했군."

벰브로스는 괜히 자신이 안착한 인간이 원망스러웠다.

안착한 인간이 가진 지능이 워낙 미개하다 보니 종종 이런 실수가 나오는 것이다.

"일주일 뒤에 마력을 주입하기만 하면 끝이겠군."

탈라크의 말에 벰브로스는 입가에 미소를 지으며 이야기하였다.

"그래. 더 이상 여기서 할 일은 없겠지."

이야기를 끝낸 벰브로스는 맡은 바 임무를 완수했다는 생각에 얼른 다시 자신의 연구실로 돌아가고 싶었다.

이번에 다크 나이트를 제작하면서 깨달은 것을 키메라 제작에 접목해 보고 싶은 것이다.

"그럼 먼저 가 보지. 뭔가 특이 사항이 생기면 연락 줘."

그렇게 할 말만 남기고는 뱀브로스는 자리를 떠나 버렸다.

탈라크 또한 자신이 더 할 일이 없다 판단하고는 도착한 지 얼마 되지 않아 자리를 떴다.

하지만 그런 성급한 행동들이 그들의 생명을 구했다는 것을 그들은 알지 못했다.

두 상급 마족이 자리를 떠나고 얼마 지나지 않아 이시이 제약의 연구실 지하에 커다란 컨테이너 차량이 들어왔기 때문이다.

*   *   *

끼익!

늦은 시각, 어둠을 뚫고 커다란 컨테이너 트럭이 가나가와 현 하다노 시의 일본 굴지의 제약 회사인 이시이 제약의 연구소로 들어왔다.

새벽이기도 했고, 주변이 워낙 어두운 탓에 커다란 컨테이너 트럭이 제약 회사 연구소로 들어감에도 이를 지켜보는 사람은 단 한 명도 없었다.

덜컹!

트럭이 정차하고 컨테이너의 문이 열리자, 마스크와 보안경, 그리고 하얀색의 방역복을 입은 건장한 사람들이 건물에서 나와 컨테이너 안으로 들어갔다.

그러고는 기절한 사람들을 한 명씩 어깨에 메고 어디론가 데려갔다.

'도착한 건가?'

일부러 납치범들에게 붙잡힌 재식은 여전히 눈을 감은 채 기절한 척하고 있었지만, 마법을 이용해 이미 모든 상황을 지켜보고 있는 중이었다.

'여기가⋯⋯.'

오랜 시간 컨테이너 안에 있던 것을 생각하면, 상당히 먼 거리를 이동했다는 것을 알 수 있었다.

다만, 정확하게 어디인지 위치를 파악할 수가 없어 마법을 이용해 주변을 살피려는 것이다.

'흠, 내가 마지막이겠군.'

현재 쓰러져 있는 위치를 보아하니 자신이 가장 늦게 옮겨질 것 같았다.

그래서 재식은 옮겨질 때까지의 시간을 이용해 현재 위치가 어디쯤인지 정확하게 알기 위해 마법의 범위를 조금 더 확대해 보았다.

위자드 아이라는 마법을 통해 재식은 마치 인공위성이 지상을 관찰하듯 높은 상공에서 자신의 위치를 볼 수 있었다.

얼마 지나지 않아 건물 상단에 커다랗게 양각된 문자를 볼 수 있었다.

'이시이 제약 연구소라······.'

그곳에는 멀리서도 확인할 수 있을 정도로 커다랗게 '이시히 제약 연구소' 라는 글씨가 적혀 있었다.

'설마··· 그 이시이는 아니겠지?'

제약 회사 이름이 이시이라는 것에 문득 한 생각이 재식의 머릿속을 스쳤다.

일본에서 이시이라는 이름은 그리 희귀하지 않았지만, 한국인들에게는 결코 아무런 의미가 없는 이름이 아니었다.

정확하게는 이름이 아닌, 누군가의 성이었다.

한국인은 물론이고, 중국, 혹은 동남아시아까지 많은 민족에게 씻을 수 없는 아픔을 선사한 성이기도 했다.

2차 세계대전 당시, 인간을 실험 대상으로 삼아 생체 실험을 감행한 731부대의 총지휘자.

이시이 시로.

정치가이자 군인이고, 또 의학자였다.

그는 당시 인간을 통나무라 표현하며 731부대 내에 강제 수용된 사람들을 대상으로 생체 실험을 감행했다.

만약 악마가 보았다면 두 손, 두 발을 다 들었을 정도로 잔혹한 일을 저질렀다.

그가 저지른 수많은 생체 실험은 일본이 전쟁을 치르면서 승리하기 위한 생화학 병기, 혹은 인간을 효과적으로 살상할 수 있는 무기를 만드는 연구의 일환이었다.

그 때문에 수많은 사람들이 연구라는 미명하에 희생되었고, 중국의 어떤 마을은 그가 우물에 퍼뜨린 세균으로 인해 몰살당하기도 했다.

하지만 일본이 전쟁에 패하고 항복했을 때, 이시이 시로는 그동안 731부대에서 연구한 모든 기록을 미국에 넘기는 조건으로 아무런 죗값도 치르지 않고 풀려날 수 있었다.

동맹국인 독일의 전범들이 전범 재판에 회부되어 그 죗값을 치르는 것과 다르게 말이다.

그런 추악한 만행을 저질렀으면서도 이시이 시로나 일본인들은 그 어떤 반성은 물론이고, 사과조차 하지 않고 인류의 의학 발전에 이바지했다며 변명만 늘어놓을 뿐이었다.

그러기에 한국인인 재식이 이시이란 이름을 확인하고 작게 흥분한 것이다.

더욱이 납치된 사람들이 온 곳이 2차 세계대전 때, 인간을 대상으로 생체 실험을 하던 731부대의 총사령관인 이시이 시로를 떠올리게 하는 이시이 제약의 연구소였기 때문이다.

어느 정도 시간이 흐르자, 재식을 납치해 온 일당은 다른 사람들을 어디론가 데려간 뒤, 재식을 들쳐 메고 그들과는 다른 곳에 가뒀다.

스윽—

자신을 가둔 납치범이 사라지고 5분 정도 지나자 재식은 자리에서 일어나 수갑을 풀었다.

철컹.

재식이 헌터임을 알기에 납치범들은 헌터용 수갑을 채워 두었지만, 재식에게는 아무런 의미가 없었다.

대격변 이후, 초능력을 가진 헌터들이 출현하고, 또 유전 자 시술을 통해 월등한 신체 능력을 가진 헌터들이 출현했 다.

하지만 그런 능력을 가진 헌터들이 사고를 치면서 문제가 생기기 시작했다.

그들을 제압하더라도 통제하는 부분에서 문제가 있던 것 이다.

일반 범죄자들처럼 수갑을 채워도 헌터들은 각자의 방식 으로 쉽게 풀어내거나 망가뜨리기 일쑤였다.

그러다 보니 헌터들을 제압할 무기나 구속구가 필요했다.

이에 과학자들은 문제를 일으키는 헌터, 아니, 정확히는 헌터 범죄자인 빌런을 제압하기 위해 특수한 억압 장치를 만들어 냈다.

억압 장치에는 여러 종류가 있었으나 그중 재식이 착용한 것은 다른 억압 장치에 비해 작아 휴대성이 좋은 헌터 제압용 수갑이었다.

무엇보다 가격이 다른 것들에 비해 쌌다.

그 때문에 수사관들뿐만 아니라, 어처구니없게도 빌런들도 이 헌터 제압용 수갑을 애용했다.

"이런 걸로 뭘 어쩌겠다고."

아무리 헌터 제압용 수갑이라지만, 그건 어디까지나 일반적인 헌터에게나 통하는 물건이었다.

이미 일반적인 헌터를 초월한 S등급 헌터에게는 무용지물이나 다름없었다.

심지어 재식은 그런 S등급 헌터 중에서도 최상위에 속하는 괴물이었다.

재식이 무언가 능력을 쓰거나 다른 수를 쓴 것조차도 아니었다.

그저 팔뚝에 약간의 힘을 주니 양손을 구속하던 수갑은 너무나도 쉽게 떨어져 나갔을 뿐이다.

"그렇다고 마냥 버리기도 아까우니까, 일단 챙기고… 그걸 꺼낼 때가 왔나."

수갑을 챙긴 재식은 아공간을 열고 그 안에서 무언가를 꺼냈다.

재식이 꺼낸 것은 일체형 슈트였다.

그런데 슈트의 표면이 일반적인 헌터들이 입는 파워 슈트와는 조금 달라 보였다.

그게 무슨 소린가 하면, 헌터들이 몬스터 헌팅을 나갈 때 입는 파워 슈트는 몬스터의 공격으로부터 대미지를 줄이기 위해 가슴이나 어깨를 감싸는 갑주 형태로 제작되었다.

때문에 보는 것만으로도 방어력이 좋아 보이는 모습을 하고 있었다.

하지만 지금 재식이 든 것은 마치 영화 속 슈퍼 히어로가 입는, 몸에 달라붙는 쫄쫄이와 같은 형태였다.

"으윽."

축 늘어진 옷의 구멍을 찾아 발부터 넣은 뒤, 오른손과 왼손을 차례로 집어넣었다.

그러고는 최종적으로 두건까지 썼다.

"젠장……."

타이즈 형태라 늘어나기는 하지만, 재식의 덩치가 일반인보다 조금 크다 보니 사타구니 부위가 조금 끼는 듯했다.

얼마 지나지 않아 완전히 준비를 갖춘 재식은 목과 가슴이 연결되는 목젖 아래 부위를 만졌다.

그러자 한순간에 재식이 사라졌다.

아니, 정확하게는 재식이 입은 옷의 표면이 주변 환경과 동화한 것이다.

오래전 미국의 물리학자가 우연히 발견한 메타 물질을 이용해 빛을 굴절시켜 투명 망토를 만들 수 있음을 증명했다.

이는 과학적으로나 군사 목적으로나 무척이나 경이로운

증명이었다.

미군은 이걸 발표 뒤, 그 물리학자와 은밀하게 접촉하여 그것을 군사 목적으로 개발하였다.

하지만 이론으로 증명하는 것과 그것을 상용화하는 것은 또 다른 일이었다.

그뿐만 아니라 막대한 연구비가 필요했다.

그런데 미군은 이에 굴하지 않고 말 그대로 천문학적인 자금을 투자해 기어이 투명 망토를 넘어 클로크 슈트 (Cloak Suit)를 만들어 냈다.

하지만 이처럼 천문학적인 비용을 들여 만든 클로크 슈트는 그 기능을 제대로 활용 한 번 해 보지도 못하고 미군 군수창고에 썩어야만 했다.

그러던 클로크 슈트를 재식이 비싼 비용을 지불하고 한 벌 가져온 것이다.

물론 개발비에 비하면 조족지혈이지만 말이다.

하지만 아무리 비싼 물건이라도 사용하지 않고 창고에 쟁여 놓는 것은 없는 것보다 못하다.

'그래도 만만한 값은 아니었지.'

사실 그는 굳이 이 클로크 슈트가 꼭 필요한 것은 아니었다.

그에게는 마법이라는 지구상에 알려지지 않은 신비한 능력이 있기에 마음만 먹는다면 어디라도 마음껏 돌아다닐 수 있었다.

잠입하는 데 어려움을 겪는다는 것은 그에게 우스운 일이었다.

그럼에도 군이 거금을 들여 클로크 슈트를 미국으로부터 구입한 것은 자칫 마법을 사용했다가 마계의 존재들이 눈치챌 가능성을 생각했기 때문이다.

하여 어떻게 해야 그들에게 들키지 않고 잠입할 수 있을까 고민하던 찰나, 과학의 산물인 클로크 슈트를 떠올린 것이다.

다만, 보이지 않는 클로크 슈트라 해서 만능은 아니었다.

클로크 슈트는 가시광선을 굴절시켜 물체 주위를 돌아가 마치 그곳에 물체가 없는 것처럼 보이게 하는 방식이다.

즉, 육안으로는 볼 수 없지만, 소리나 진동, 혹은 노출된 부위에서 발산하는 열은 숨기지 못한다는 뜻이기도 했다.

다행이라면 재식이 미군으로부터 구입한 클로크 슈트는 발열에 대한 문제는 해결이 된 물건이었기에 소리만 조심하면 되었다.

스윽, 스윽.

그 때문에 재식은 최대한 소리를 내지 않기 위해 미끄러지듯 걷고 있었다.

그는 조심스럽게 이시이 제약 연구소 내부를 하나하나 살폈다.

혹시나 자신이 찾는 마계의 흔적이 있는지를 알아보기 위해서 꼼꼼하게 흔적을 찾는 모습이었다.

$$* \qquad * \qquad *$$

끼익―

탁!

저벅저벅.

"선배, 점검은 마무리했습니다."

"그래, 수고했어."

"이제 뭘 할까요?"

"뭘 하긴. 시간도 늦었는데 눈 좀 붙여야지."

후배인 이치로의 질문에 태연한 말투로 대답하는 사이조였다.

그도 그럴 것이, '검은 늑대' 프로젝트가 이시이 제약 연구소에서 비밀리에 진행되면서 제대로 잠을 자지 못했다.

그 이유는 이 프로젝트가 단순히 이시이 제약만의 프로젝트가 아닌, 일본 정부와 헌터 협회에서 직접적으로 주관하는 프로젝트였기 때문이다.

한 치의 실수도 용납되지 않는 일이기에 사이조를 비롯한 검은 늑대 프로젝트에 참여하는 모든 연구진들은 프로젝트의 책임자라는 두 헌터의 명령을 따라야만 했다.

만약 그들의 지시를 따르지 않을 시에는 자신들은 물론이고, 그 가족까지 위험해질 수 있다는 엄포를 받았기 때문이다.

맹수의 유전자를 이용한 시술 헌터를 양성하는 것도 수많은 자금과 시행착오가 있었다.

끝내 여러 부작용을 극복하고 몬스터에 대항할 수 있을 정도로 기술을 발전시켰다.

그런데 이번 검은 늑대 프로젝트의 난이도는 그 수준을 넘어섰다.

그동안 심각한 부작용만 남기고 실패로 돌아가던 몬스터의 유전자 시술을 발전시키기 위해 노력해 왔다.

한데 그에 버금가는, 아니, 그보다 더욱 어려운 마정석의 에너지를 축출하여 헌터의 몸에 주입하는 실험을 진행하고 있었다.

몬스터 유전자 시술은 이번 프로젝트에 비하면 양반인 편이었다.

발전 시설의 연료가 되는 마정석의 에너지를 축출하여 인간의 몸에 주입하여 강제로 헌터를 강화하는 것.

어디까지나 말이 쉽지 가능하다면 단숨에 헌터계의 판도를 바꿀 만한 일이었다.

그런데 영화나 드라마 속에서나 가능할 법한 일을 현재 일본 정부의 주도하에 이시히 제약 연구소에서 실제로 진행되고 있었다.

더욱 놀라운 점은 지금 진행 상황만 놓고 보자면 굉장히 성공적으로 진행되고 있다는 것이다.

심지어 몬스터 유전자 시술을 할 때와 같은 부작용도 없고, 실험에 참가하는 헌터들은 모두 안정적으로 에너지를 받아들이고 있었다.

그 때문에 프로젝트 책임자이자 일본의 S등급 헌터인 혼다 다이스케와 이케다 에미가 하루에도 몇 번씩 연구소를 찾았다.

프로젝트 초기에는 매일 연구소에 살다시피 지냈지만, 프로젝트가 어느 정도 궤도에 오르자 아침과 저녁, 단 두 차례만 이곳을 찾아 진행 상황을 점검하고 돌아갔다.

하지만 오늘은 어쩐 일인지 늦은 시각에 찾아와서 점검하고는 돌아갔다.

그 때문에 사이조와 이치로는 밤에 쉬지도 못하고 실험동에 들어가 일을 해야만 했다.

만약 그들이 오지 않았다면 후배인 이치로에게 일을 떠넘기고 자신은 조금 더 편안하게 쉬었을 테지만, 그러지 못해 더욱 피곤하다 느꼈다.

"이치로."

"예!"

"한 시간 뒤에 다시 한번 기기 체크하는 것 잊지 마라."

"알겠습니다. 그런데 이번 프로젝트가 끝나면 규모를 더

키운다고 하던데… 그때도 선배님은 프로젝트에 참여하실 겁니까?"

"당연하지. 피곤한 건 분명하겠지만, 무려 정부가 주도하는 프로젝트잖아."

사이조는 후배인 이치로의 질문에 당연하다는 듯이 대답하였다.

그도 그럴 것이, 이건 단순한 연구 프로젝트가 아니었다.

국가가 주도하는 대형 프로젝트일뿐만 아니라 만약 성공한다면 헌터계에 이름을 올릴 가능성도 있었다.

사이조는 눈을 감고 혼자 망상에 빠졌다.

헌터계에 위대한 업적을 남긴 프로젝트.

그 프로젝트를 기반으로 만들어진 영화.

그 영화 크레디트에 자신의 이름이 오르는 것을.

물론 프로젝트의 총책임자인 두 헌터들의 이름이 가장 조명 받을 테고, 그 다음으로 이시이 제약 연구소장인 이시이 타로의 이름이 올라가겠지만, 그 다음 정도라면 충분히 올라갈 수 있지 않을까 기대했다.

아주 높은 영광까지는 바라지도 않는다.

그는 스스로가 자신의 분수를 안다고 생각하는 인물이었다.

하지만 그는 알지 못했다.

이번 프로젝트는 전적으로 극비리에 진행되는 것이며, 결코 외부에 알려지지 않을 것이란 사실을 말이다.

한편, 연구소 내부를 돌아다니며 마족의 흔적을 찾던 재식은 앞에서 떠드는 두 명의 연구소 직원을 보고 있었다.

둘이서 한참 동안이나 떠드는 내용을 듣고 있자니, 방금 전 이 둘이 나온 장소가 특별히 무언가를 연구하는 실험실 같았다.

그들의 이야기를 따라 짐작해 보면 자신이 찾던 곳이 여기가 아닌가 하는 예감이 들었다.

재식은 그들이 사라질 때까지 가만히 기다리기로 했다.

마음 놓고 그들이 나온 실험실로 들어가 확인해 보려면 그 편이 나았다.

저벅저벅.

철컥.

이윽고 두 연구원은 복도 끝에 있는 문을 열고 그 너머로 사라졌다.

두 사람이 다른 구역으로 넘어갈 때까지 기다리던 재식은 곧바로 실험실 내부로 들어갔다.

"언록."

잠금장치를 푸는 마법인 언록 마법을 시전해 실험실의 문을 여는 재식이었다.

이런 중요한 실험을 하는 시설에 침입자를 방지하는 경보

장치가 없을 리가 없었다.

물리적인 방법으로 문을 열면 경보가 울릴 거라 생각한 재식은 문에 마법을 걸어 잠금을 해제하고는 손잡이를 잡아 당겼다.

재식의 행동은 전혀 틀리지 않았다.

다만, 그의 예상과는 반대로 이시이 제약 연구소 내부에는 어떠한 경보 장치도 없었다.

그도 그럴 것이, 이 연구소는 이시이 제약에서 비밀리에 운용하는 연구소로 입구부터 출입이 엄격하게 제한되어 있기 때문이다.

때문에 허가받지 않고 연구소 내부로 들어올 수 있는 사람은 아무도 없었다.

잠입하려 해도 보안 요원들이 밖에 잔뜩 늘어서 있어 쉽지 않은 것은 당연한 일이었고, 그러다 보니 경계가 철저한 외부와는 달리, 내부는 보안이 허술했다.

그러한 사실을 전혀 모른 채 조심스럽게 문을 닫고 실험실 내부에 들어온 재식은 순간 실험실 규모에 깜짝 놀랐다.

그도 그럴 것이, 무려 실험체가 들어 있는 캡슐이 300기나 되는 것이다.

게다가 그것들이 모두 한방에 수용되어 있는 모습은 재식을 압도하기에 충분했다.

빼곡히 들어선 캡슐로 인해 캡슐끼리의 간격이 넓지는 않지만, 그래도 1.2m는 되어 보였기 때문에 움직이며 확인하는 데에는 아무런 지장이 없었다.

치익—

재식은 한 캡슐에 다가가 문을 열었다.

보글보글.

캡슐의 문이 열리자, 그 내부에서 뭔가 액체가 끓는 소리가 들렸다.

붉은 용액이 마치 용암이 끓듯 기포를 떠올리며 고여 있었다.

"우욱……."

기포가 터지면서 코를 쏘는 듯한 냄새가 흘러나와 재식의 후각을 자극했다.

이 알싸한 냄새는 재식의 내면에 잠들어 있는 암흑 마기를 자극했다.

슈마리온과 같은 최상급 정령들과 계약하면서 생긴 정령 친화력에 의해 마력의 주도권을 빼앗긴 채 구석으로 밀려나 있던 암흑 마기가 붉은 용액에서 풍기는 냄새에 반응한 것이다.

사실 붉은 용액에서 맡은 그 냄새의 정체는 바로 상급 마족인 탈라크가 다크 나이트를 만들기 위해 넣은 그의 마력이었다.

그러다 보니 재식이 보유한 흑마력보다 순도가 훨씬 높아 저도 모르게 공명한 것이다.

비록 용액에 희석되었다고는 하지만, 고블린 흑마법사인 챠콥에게서 넘겨받은 흑마력보다 몇 십 배는 더 짙었다.

"허… 이거 때아닌 포식을 하겠네."

강한 마력을 느낀 재식은 순간적으로 드는 생각을 중얼거렸다.

마족의 마력은 결코 생명체에 이로운 에너지가 아니었다.

물론 마족의 마력도 마력이긴 하니 흡수하면 강해지는 것은 맞다.

하지만 정신이 감당할 수 있는 양을 넘어서는 순간, 흑마력의 성질로 인해 영혼이 변질되며 미쳐 버린다.

하지만 어디에나 예외는 있었다.

영혼의 격이 높거나, 혹은 정신력이 흡수하는 마력보다 더 강하다거나, 혹은 흑마력을 완전히 중화할 수 있는 방법을 가졌다면 어떻게 흡수하든 상관없었다.

물론 재식은 흑마력을 중화하는 방법도 알고, 정신력 또한 어느 정도의 흑마력은 정화도 없이 그냥 받아들여도 상관없을 정도로 강했다.

그렇지만 재식이 느끼는 감정은 그런 것 때문은 아니었다.

방금 전 재식이 중얼거린 말은 말 그대로 마력을 흡수해 강해지겠다는 뜻이었다.

재식이 이런 모습을 보이는 이유는 모두 그의 심장 때문이었다.

육체가 성장하면서 재식은 균형을 맞추기 위해 심장을 업그레이드하였다.

이때 사용한 것이 기가스의 심장이었다.

중급도 안 되는 하급 마족이 중간계에 적응하면서 몬스터화한 것이 바로 기가스였다.

그런 기가스의 심장과 어스 드레이크의 마나 하트로 심장을 업그레이드한 것이다.

그 때문인지 재식의 흑마법은 그 경지가 한층 높아졌다.

덕분에 순수한 마력과 정령력을 받아들이면서도 흑마력이 정화되지 않고 구석에 자리를 잡을 수 있는 것이었다.

만약 최상급 정령들과 계약할 때, 기가스의 심장과 어스 드레이크의 마나 하트가 아니었다면, 아마도 챠콥에게서 받은 흑마법은 더 이상 사용하지 못할 터였다.

그렇게 되었다면 육체적으로 더 강해졌을지는 모르지만, 아마 전체적인 성능에서 뒤쳐지는 것은 물론이고, 그가 설립한 언체인 길드가 지금과 같은 발전을 이루는 일도 없었을 것이다.

재식이 지금의 자리에 오른 것은 어디까지나 정령력과 순수한 마력, 그리고 흑마법이 복합적으로 작용하여 이룩한 경지이기 때문이었다.

4. 대책 회의

신시(新市), 새로운 도시라는 이름의 이곳은 예전에는 치치하얼이라 불리던 곳이다.

  대격변 이후, 몬스터에 의해 폐허가 되었다가 작년 4개국 정상이 모여 대륙 간 연결 프로젝트로 수복하여 요새화된 도시다.

  많은 사람들이 도시 이름을 왜 바꾸었는지에 대해 의문을 가졌는데, 그것에 특별히 다른 이유가 있는 것은 아니었다.

  바로 오래전부터 불리던 지명을 쓸 때 생기는 문제 때문.

  지금이야 중국이 자국 내 문제로 신경 쓰지 못하지만, 문제가 해결되는 순간부터 그 문제를 가지고 자신들의 땅이라

주장할 것이 빤했다.

때문에 미리 그런 의도를 원천적으로 막기 위해 일부로 지명을 바꾼 것이다.

물론 그렇다고 중국인들이 가만있지는 않겠지만, 신시를 비롯한 대륙 간 연결 프로젝트는 단순한 땅을 몬스터에게서 수복한 개념이 아니다.

대격변 이후 몬스터로 인해 대륙 간 원활한 이동이 불가능해지면서 무역이 어려워졌다.

그 때문에 여러 심각한 문제가 야기되었다.

그러던 중에 대륙을 연결하는 던전의 발견으로 한국과 미국, 영국, 그리고 독일 이 4개국이 주도가 되어 몬스터들을 소탕해 안정적인 무역을 주도한 것이다.

그렇기 때문에 후에 시간이 흘러 중국이 자국 내 문제를 해결한 뒤일지라도 이곳 신시에 대한 소유권을 요구하기는 힘들게 될 것이었다.

신시의 안정화나 개발에 어떤 영향력도 주지 못했기에 말로는 불평하더라도 권리를 주장할 수 없다는 소리다.

신시의 개발에 적극적으로 참여한 4개국은 물론이고, 이들과 직접적이든 간접적이든 연관된 국가들도 전혀 도움이 되지 않던 중국의 주장을 받아들이지 않을 것이었다.

더욱이 현재 신시를 직접적으로 운영하는 한국은 더 이상 예전처럼 강대국의 눈치를 보던 약소국이 아니다.

비록 인구는 4,000만 정도로 미국이나 독일 등 다른 나라들에 비해 그리 많지 않지만, 현재 그 어느 나라보다 강대국이라 할 수 있었다.

최고 전력이라 할 수 있는 S등급 헌터만 무려 여섯 명이나 보유하고 있는 헌터 강국.

미국이나 영국, 독일 등 한국과 동맹을 맺은 나라들 중에도 비슷한 S등급 헌터의 수를 가진 나라도 있기는 하지만, 자세히 들여다보면 엄연히 차이가 있었다.

S등급 헌터에도 그 수준의 차이가 있는데, 한국의 S등급 헌터는 다른 나라와 비교해도 그 수준이 너무나도 높은 것이다.

심지어 최근에 나온 두 명의 S등급 헌터조차도 가진 에너지의 양에 비해 그 역량은 갓 S등급에 오른 헌터라고 보기 힘들 정도로 뛰어났다.

그 때문에 미국과 영국, 그리고 독일에서는 자국의 S등급 헌터와 한국의 신규 S등급 헌터의 교류를 추진하였다.

본래 S등급 헌터들 간의 교류는 사교적 교류 외에는 암묵적으로 금지되어 있었다.

그 이유는 S등급끼리는 자칫 잘못하다가는 한쪽이 심각한 부상을 당할 수도 있기 때문이다.

그런데 어찌된 영문인지, 신규 S등급 헌터들의 수준이 날이 갈수록 높아지고 있었다.

그 원인이 무엇인지 알아보려던 이들은 신규 S등급 헌터들의 출신을 확인하고는 모두 고개를 끄덕였다.

신규 S등급 헌터들이 모두 한국의 언체인 길드에 속한 헌터들이었기 때문이다.

때문에 미국과 영국, 그리고 독일의 관계자들은 물론이고, 한국 내 거대 길드나 정치인들, 그리고 헌터 협회까지 언체인 길드를 주목했다.

그리고 언체인 길드에 신규 S등급 헌터가 계속해서 나타나는 이유에 대해서도 알게 되었다.

헌터는 몬스터와 싸우면서 성장한다.

그렇다고 자신보다 수준이 낮은 아래 등급의 몬스터와 백날 싸워 봐야 실력이 크게 늘지 않는다.

즉, 그 말은 헌터가 성장하려면 자신과 비슷한 수준이거나, 혹은 그 이상으로 강한 몬스터와 생사를 건 전투를 하면서 실력이 늘려야 하는 것이다.

하지만 헌터라고 매일같이 몬스터와 전투를 벌일 수는 없었다.

인간의 능력을 초월했다고 해서 헌터가 인간이 아닌 것은 아니다.

헌터도 분명 인간이기에 몬스터와 생사의 박투를 하게 되면 육체적으로나 정신적으로나 무척이나 지치는 것은 당연했고, 당연하게도 휴식을 취하는 것은 필수였다.

몬스터와 전투하고, 전투가 끝나면 휴식을 취한다.

일반적인 헌터들도 모두 그렇게 생활하고, 또 그게 당연하다 생각했다.

언체인 길드원들 역시 다르지 않았다.

하지만 똑같이 하면서도 어떻게 그 수준이 다른 헌터에 비해 월등한 것이고, 또 한 길드에서 다수의 S등급 헌터가 나오는지 이해가 되지 않는 사람들이 많았다.

이처럼 이해하지 못하는 사람이 있는 것이 당연한 일이지만, 언체인 길드원들이 월등한 능력을 지닌 것 역시도 당연하다고 말할 수밖에 없었다.

바로 한 가지의 이유.

언체인 길드에는 지구 최강의 헌터인 재식이 존재하기 때문이었다.

S등급이라도 개인마다 수준 차이가 있었다.

재식은 같은 S등급 헌터라고 불러도 되나 싶을 정도로 다른 나라의 S등급 헌터와 그 차이가 컸다.

그런 재식이 시간이 날 때마다 지도해 주고 대련해 준다.

이것만으로도 크나큰 도움이 되는데, 몬스터 레이드를 나가지 않을 때 하는 훈련은 더욱 더 특별했다.

언체인 길드에는 그들만의 아주 특별한 시설이 있었다.

바로 가상현실을 이용한 트레이닝.

언체인 길드원들은 헌터 대 헌터는 물론이고, 몬스터를

상대로도 실전처럼 훈련할 수 있었다.

그렇게 훈련을 거친 길드원들이 재식의 비호 아래 실전을 겪으며 성장하니, 어찌 보면 강해지는 것은 당연했다.

그런 원인을 알게 된 각국의 수장들은 언체인 길드와 교류하기를 원했다.

이에 한국 정부와 한국 헌터 협회는 자국의 이득이 되는 일이기에 적극적으로 언체인 길드의 수장인 재식을 설득하여 교류하기 시작하였다.

물론 한국 헌터 협회의 고위 헌터들도 포함된 교류였다.

*   *   *

저벅저벅.

하얀 피부에 다양한 머리색을 가진 백인들과 흑인들이 복도를 걸었다.

"왕자님, 마스터 정이 무슨 일로 저희를 부른 걸까요?"

복도를 걷는 사람 중 영국의 헌터 협회에서 파견된 윌리엄 우드가 물었다.

"나야 모르죠. 하지만 다른 사람들도 찾는 것을 보니 우리만 부른 게 아니군요. 그리고 그 이유가 결코 가볍지는 않을 것 같군요."

1년 가까이 대륙 간 연결 프로젝트로 재식과 함께하면서 헨리 왕자가 느낀 점은 재식은 결코 누군가를 부를 때 생각 없이 부르지 않는다는 것이었다.

프로젝트의 실질적인 리더 역할을 하던 재식은 자신의 능력을 과신하지 않고, 언제나 구성원들이 가진 능력을 꼼꼼히 파악하여 적재적소에 인력을 배치했다.

그러다 보니 대륙을 연결하는 거대 프로젝트를 벌이고 수백의 헌터를 움직이면서도 작은 트러블 하나 없이 단 1년 만에 프로젝트를 마무리해 버렸다.

그것만 봐도 재식이 결코 무력만 뛰어난 헌터가 아니라, 조직을 운영하는 능력도 뛰어나다는 것을 알 수 있었다.

그토록 능력 있는 사람이 다른 나라의 헌터와 정부에 영향력을 행사할 수 있는 인물들을 불렀다는 것은 뭔가 큰 사건이 있는 게 분명해 보였다.

"혹시 짐작이 가는 것은 없으십니까?"

"음, 어쩌면 차원 게이트와 연관이 있을 수도 있겠군."

계속되는 윌리엄 우드의 질문에 헨리 왕자는 잠시 생각하다 대답하였다.

언젠가 재식이 흘러가듯 이야기한 것이 생각났다.

대륙 간 연결 프로젝트 이전, 던전들을 돌아다니면 그 안의 몬스터들을 소탕하러 다닐 때 몬스터들이 어디서 왔는지를 잠깐 언급한 적이 있었다.

그는 차원 너머에 몬스터들을 지구로 보낸 존재들이 있

고, 몬스터 외에도 인류를 위협할 수 있는 세력이 있음을 언급했다.

그리스에 나타난 천사도 그런 세력 중 하나가 보낸 것이라 하였다.

성서나 신화에 언급된 존재들이 속속 현실에 나타나는 것을 보며 재식이 한 말이 전혀 거짓이 아니란 것을 알 수 있었다.

몬스터가 나타나고, 정령이 나타났다.

그리고 천사까지 나타났다.

아직까지 보고된 것은 없지만, 어쩌면 악마도 이미 나타난 게 아닐까 생각해 보는 헨리 왕자였다.

"설마 악마가 나타났다는 건 아니겠지…….."

함께 복도를 걷던 흉켈이 조용히 중얼거렸다.

"악마요? 설마 악마도 있는 겁니까?"

악마라는 말에 윌리엄 우드가 헨리 왕자를 보며 물었다.

"용도 천사도 나타났는데, 악마라고 없겠어?"

그리스에서 천사가 강림했었고, 미국에서는 드래곤으로 보이는 존재도 나타났다.

악마의 존재에 대해서도 한 번 생각해 볼 만한 여지는 있었다.

"허어……."

헨리 왕자와 동행하던 윌리엄 우드를 비롯한 영국과 독일의 수행원들은 방금 전의 대화에 깜짝 놀랐다.

'에이, 설마⋯⋯.'

그들은 속으로 설마 하고 생각했지만, 얼마 지나지 않아 그 설마가 현실이 되었음을 알 수 있었다.

*　　　*　　　*

"어서 와."

나이를 떠나 친구가 된 재식과 헨리 왕자, 그리고 흉켈은 스스럼없이 몇 달 만에 만난 기쁨에 포옹하며 해우를 즐겼다.

"오? 겨우 몇 달밖에 지나지 않았는데⋯ 더욱 강해진 것 같은데?"

흉켈은 재식과 포옹을 하며 그렇게 이야기하였다.

전에 흉켈이 느끼기에는 S등급 헌터가 맞나 싶을 정도로 재식에게서 느껴지는 기운이 그리 강하지 않았다.

나중에서야 몬스터를 상대하는 모습을 보면서 S등급이 맞다는 것을 알 수 있었다.

그렇게 강한데 어떻게 느껴지는 기운이 이리도 약할 수 있는지 물어본 흉켈이었다.

그만큼 재식에게서 느껴지는 기운은 겨우 5등급 헌터가 풍기는 기운과 비슷할 정도로 미약했다.

그런 훙켈의 질문에 재식은 헌터에게서 느껴지는 기운이 몸속에 쌓인 에너지의 발산이라고 설명했다.

그리고 그렇게 발산되는 기운을 헌터 본인이 통제하지 못하기에 그렇게 몸 밖으로 빠져나가는 것이라고 설명해 주었다.

발산하는 에너지를 잘 통제하면 같은 등급이라도 더 강력한 공격과 방어를 할 수 있다고도 덧붙였다.

그와 더불어 일반 헌터와 S등급 헌터의 차이, 언체인 길드에 고위 헌터가 많은 이유, 그리고 왜 언체인 길드에 S등급에 이른 헌터가 많은지를 하나하나 설명해 주었다.

너무나도 많은 이야기인 탓에 전부 다 기억할 수는 없었다.

하나 무엇보다 훙켈의 기억에 남는 것 하나가 있었다.

바로 에너지를 외부로 발산하는 것도 중요하지만 내부에서 통제하는 게 더욱 중요하는 말이었다.

그래서 훙켈은 재식의 조언에 따라 몸속의 에너지를 통제할 수 있도록 훈련하기 시작했다.

아직까지 큰 진전은 없지만, 그의 아버지인 발터 슈미츠는 어느 날 그에게 '많은 발전이 있었구나' 라며 칭찬하기까지 했다.

정말로 맞는 건지 의심하기도 했지만, 결국 재식의 조언이 틀리지 않았다는 것을 깨닫게 된 훙켈이었다.

뿐만 아니라 새로운 깨달음도 얻게 되면서 전보다 한 단계 더 발전하게 된 그였다.

그렇다 보니 지금 재식에게서 느껴지는 기운이 헌터가 아닌 보통 사람 정도로 느껴지는 것에 놀라며 그리 말한 것이다.

"어? 그러고 보니 재식 분위기가 많이 바뀌었네?"

그제야 헨리 왕자도 재식에게서 느껴지는 기운이 전보다 더 자연스러워진 것을 깨달았다.

"후후, 기연이 좀 있었지."

재식은 대답하면서 일본에서 있던 일을 떠올렸다.

마계에서 온 존재의 흔적을 찾기 위해 돌아다니다 우연히 발견하게 된 마계의 흔적.

그리고 그 덕분에 그곳에서 마족의 것으로 짐작되는 흑마력을 흡수할 수 있었다.

비록 한 마족이 가진 모든 흑마력은 아니지만, 무려 300기나 되는 다크 나이트에 주입되던 흑마력이었다.

만약 그 모든 걸 다 흡수했더라면 재식은 지금보다 더욱 강해질 수 있었을 것이다.

하지만 재식은 황금알을 낳는 거위의 배를 가르지 않았다.

다크 나이트가 아직 완성되지 않은 것을 확인한 재식은 300기의 다크 나이트에게서 모든 흑마력을 빨아들이지 않고, 아주 조금씩 천천히 흡수하였다.

마계의 존재가 찾아와 다크 나이트를 살피더라도 쉽게 흔적을 찾지 못할 정도로 조금씩 시간을 두고 흡수했다.

흡수한 흑마력을 자신의 것으로 치환하는 데 편했기 때문이다.

무리하게 죄다 흡수하면 흑마력을 자신의 것으로 바꾸기 위해 많은 시간을 투자해야만 했다.

하지만 그랬다가는 마계의 흔적을 놓칠 수도 있었다.

애초 그가 일본에 온 이유가 무엇이던가.

눈앞에 있는 흑마력을 흡수하기 위한 것이 아니었다.

그의 부모님과 주변 사람들에게 위협이 되는 존재들이 가까운 일본에 있는 것을 알면서도 방치할 수 없기에 이 먼 타국까지 오게 된 것이었다.

재식은 S등급 헌터라 불리지만, 엄밀히 말하면 그 경지를 초월했다는 것을 스스로도 잘 알고 있었다.

더욱이 몬스터 유전자 시술로 인한 부작용을 극복하기 위해 재식은 그동안 많은 몬스터의 유전자를 몸에 흡수하였다.

솔직히 그는 자신이 인간인지, 아니면 인격을 가진 몬스터인지 장담할 수 없었다.

다만, 정신적으로 자신은 인간이다 생각하기에 인간으로서 생각하고 행동하였다.

그러한 생각을 마친 재식이 고개를 들자, 아주 잠시였지만 날카롭게 빛나는 눈빛이 보였다.

자신은 인간이지만, 인간이기를 포기한 상대를 대할 때는 그와 똑같이 대우해 주겠다는 살벌한 의지가 담긴 눈빛이었다.

그 모습을 지켜보던 헨리 왕자와 흉켈 일행은 순간적으로 부르르 몸을 떨었다.

*   *   *

"칸트라 차원에서 넘어온 것들은 비단 몬스터뿐만이 아닙니다. 마계란 곳이 있는데, 그곳의 존재는 신화나 전설에서 접한 악마와도 비슷한 존재라고 생각하시면 됩니다."

재식은 지구의 관리자가 인류의 진화를 위해 쓴 방법에 대해 설명하고 관리자가 다른 차원의 존재와 계약하여 그곳의 몬스터와 존재들을 지구로 끌어들였다는 것을 설명해 주었다.

그러면서 칸트라 차원에서 온 존재들이 모두 인류를 위협하는 것만은 아니란 것도 설명했다.

그리스에 나타난 천사를 예로 들었으며, 최근 등장한 정령과 계약한 어린아이들에 대한 설명도 함께하였다.

이런 이야기들을 꺼낸 것은 전부 일본에 나타난 마족을

설명하기 위함이었다.

단순히 서론에 불과했지만, 듣는 사람의 입장에서는 너무나도 충격적인 이야기가 아닐 수 없었다.

인류의 진화를 위해 지구의 신이 다른 차원의 절대자와 계약하여 인류를 위기에 빠뜨리다니.

믿기 어려운 것은 어쩌면 당연한 이야기였다.

그렇지만 이 이야기는 이미 몇몇 지도 계층은 아는 사실이었다.

다만, 너무나도 충격적인 내용이라 외부에 알려지지 않았을 따름이다.

"그중에서도 마계의 존재들은 너무나도 위험합니다."

재식은 이야기하는 내내 정중한 태도를 유지했다.

실내에서 재식의 이야기를 듣는 사람 중 안면이 있는 사람이 있는가 하면, 직접적인 인연이 없는 사람도 있기 때문이다.

하지만 그럼에도 지금 재식이 이렇게 이야기하고 있는 것은 지금 이 자리에 모인 사람과 국가의 도움이 절실했기 때문이다.

자신의 휘하에 세 명의 S등급 헌터가 있고, 그에 준하는 최고위급 헌터들이 있다고 해도 언체인 길드의 전력만으로는 일본과 손을 잡은 마계의 존재들을 어떻게 해 볼 수가 없었다.

일본에는 이미 네 명의 S등급 헌터가 있으며, 준비 중인 다크 나이트도 300기나 되었다.

이전에 일본의 헌터 협회에서 영상으로 내보인 다수의 다크 나이트도 있으니, 최소 300기 이상의 다크 나이트가 존재하는 것은 분명했다.

재식이 듣거나 눈으로 확인한 일본의 전력만 해도 무려 네 명의 S등급 헌터에 300기가 넘는 다크 나이트였다.

거기에 일본에서 돌아다니는 마병의 숫자도 만만치 않았다.

다크 나이트보다는 당장 위협이 되지 않지만, 시간이 흘러 인간과 몬스터의 피를 머금은 마병들이 제 위력을 발휘하기 시작한다면, 일은 걷잡을 수 없을 정도로 심각해질 것이었다.

특히나 그렇게 강해진 마병을 다크 나이트의 손에 쥐어 주면, S등급 헌터도 충분히 상대할 수 있을 것이다.

재식이 아무리 아티팩트와 아이템을 찍어 낸다 하더라도 그것만으로는 마병과 다크 나이트의 조합을 감당하기에 무리가 있었다.

최선의 방법은 일본에 스며든 마계의 존재가 계획 중인 프로젝트를 저지하는 것이다.

이는 재식이나 한국 하나만 나선다고 될 일이 아니었다.

세계 헌터 협회, 전 세계가 같이 나서야 할 문제다.

하지만 여기서 문제되는 점은 현재 일본의 정황을 정확하게 파악한 사람이 재식 하나뿐이라는 것이다.

그 때문에 이러한 사실을 세계 헌터 협회에 알리기보다는 자신과 연관이 깊은 4개국 정상들에게 먼저 알리고 협조를 구하려는 것이다.

"정말로 악마들이 일본에 자리를 잡은 겁니까?"

윌리엄 우드는 조심스럽게 물었다.

"악마의 존재를 직접 눈으로 확인하진 못했습니다. 하지만… 잠시 이것을 봐 주시기 바랍니다."

딸깍.

재식이 버튼을 누르자, 작은 소리와 함께 빔 프로젝트가 작동되면서 한쪽 벽에 사진 하나가 떠올랐다.

대량의 커다란 캡슐이 놓여 있는 실험실을 촬영한 사진이었다.

"이게… 뭡니까?"

미국의 대표로 온 이완 맥그리거가 물었다.

"이 사진은 일본의 제약 회사 중 하나인 이시이 제약의 연구소의 한 실험실 사진입니다."

별다른 설명 없이 재식은 사진의 장소에 대해 이야기하였다.

"일본의 이시이 제약이요?"

"네, 맞습니다. 자, 다음 화면을 봐 주시기 바랍니다."

딸깍.

또다시 버튼을 누르자 다른 사진이 나타났는데, 이번에는 캡슐을 위에서 찍은 모습이었다.

유리로 된 캡슐 내부의 모습이 확실하게 보였다.

발가벗은 남자의 몸에 온갖 기계장치가 연결되어 있는 모습이 확연하게 찍혀 있었다.

"헉!"

"어……."

여기저기서 짧은 경악성이 터져 나왔다.

사실 제약 회사에서 인체 실험을 하는 것은 제법 비일비재한 일이었다.

하지만 첫 번째 사진을 통해 본 것처럼 한 번에 저렇게 많은 수의 사람을 대상으로 실험하지는 않는다.

더욱이 몸에 연결된 기계장치의 수나 들어가 있는 액체의 상태를 볼 때, 결코 정상적이지 않다는 것은 단박에 알아차릴 수 있었다.

안정성이 확실해 보이지도 않는데 소수의 인원이 아닌, 대량의 인원이 한 실험실에 들어가 의식을 잃은 상태라니.

게다가 휑하니 방치되다시피 놓여 있지 않은가.

일반적으로 지원자의 허락 아래 실험할 때에는, 단 한 번의 실수조차 없게끔 다수의 연구원들이 지원자 옆에 붙어 계속해서 반응을 관찰하고 비상사태에 대비한다.

그런데 재식이 보여 준 사진은 그런 모습과는 너무나도 거리가 멀었다.

그 때문에 사진을 보던 미국과 영국, 그리고 독일, 3개국 관계자들은 이 사진들이 정녕 사실인지에 대한 의심이 들기까지 했다.

하지만 거짓이라기에는 어딘가 찝찝한 기분이 들었다.

그도 그럴 것이, 재식이나 되는 인물이 이런 거짓말을 해서 얻을 이익이 없기 때문이다.

오히려 나중에 거짓이라는 게 밝혀지게 된다면 손해가 더욱 막심할 터였다.

때문에 3개국의 관계자들은 재식의 이야기에 이러지도 저러지도 못한 채 판단을 미룰 수밖에 없었다.

더욱이 악마라니.

참으로 황당한 이야기였다.

하지만 그리스에서 천사가 강림하고 바티칸에서 이를 인정하지 않던가.

게다가 그 소극적이고 폐쇄적인 이들이 천사에게는 전적으로 밀어주기까지 하지 않던가.

천사가 존재가 진실이라면, 그 대척점인 악마도 존재할 수 있었다.

그러니 재식의 설명을 거짓이라고만 치부할 수조차 없는 것이다.

"최근 일본에는 네 명의 S등급 헌터가 탄생했다고 발표했습니다."

웅성웅성.

재식의 이야기가 끝나자, 한국 헌터 협회에서 나온 최도형 감찰부장이 이야기를 이어 갔다.

"6년 전, 일본은 초월급 몬스터 야마타노 오로치 레이드 당시 무려 3차에 걸쳐 헌터를 투입했다가 전멸하였습니다. 그 여파로……."

최도형은 일본이 가진 헌터 전력에 대한 이야기를 하면서 6년 전에 있던 비와호의 괴수 야마타노 오로치를 언급했다.

당시 일본은 자신들의 우월성을 선전하기 위해 전국적으로 최고라 명성을 떨치던 헌터들을 대거 소집하여 레이드에 나섰다.

하지만 1차 레이드가 처참한 실패를 맞이하자, 다시 전력을 정비하여 2차 레이드에 나섰다.

이때 일본은 세 명의 S등급 헌터를 보유하고 있었는데, 두 차례의 레이드를 통해 그중 하나인 야마모토 무사시를 잃었다.

당시 일본 최고의 헌터라 불리던 야마모토 무사시를 잃고, 남은 두 명의 S등급 헌터가 부상당하면서 결국 야마타노 오로치 레이드는 완전히 실패로 돌아가 버렸다.

이에 자존심을 크게 다친 일본은 부상당한 S등급 헌터가 완치되기 무섭게 다시 3차 레이드를 선언했다.

심지어 그전에 제한한 헌터 등급조차도 무시하고 4등급 헌터까지 모두 총동원한 것이다.

하지만 일본은 몬스터의 등급이 오를수록 헌터 등급도 중요하다는 것을 잊어버린 대가를 톡톡히 치르게 되었다.

두 차례에 걸친 레이드가 야마타노 오로치를 성장시켰다는 것을 깨닫지 못한 것이다.

그런 일본 헌터 협회의 실수는 일본 헌터계를 완전히 나락으로 떨어뜨려 버렸다.

그렇게 세 차례에 걸친 초월급 몬스터 레이드를 실패하면서 5등급 던전조차 처리할 헌터가 없을 정도로 헌터 전력에 공백이 생겼다.

그제야 위기감을 느낀 일본 정부는 세계 각국에 구원을 요청하였다.

다행히 한국의 성신 길드가 나서서 탈피로 인해 지쳐 있던 야마타노 오로치가 힘을 갈무리하기 전에 들이쳐 퇴치할수 있었다.

만약 야마타노 오로치가 소진된 힘을 되찾고 전투의 경험을 갈무리했다면, 성신 길드는 물론이고, 어쩌면 현재의 재식이라도 야마타노 오로치를 상대하기 버거웠을지도 모른다.

일본의 헌터계를 털어 버린 야마타노 오로치가 성신 길드의 길드장인 백강현에 의해 잡히자, 성신 길드는 한국의 길드 랭킹 30위에서 수직 상승하여 10위권 안으로 진입할 수 있었다.

게다가 일본에 자리를 잡고 더욱 성장하여 1위의 자리까지 탈환하였다.

무너진 일본의 헌터계는 성신 길드의 도움으로 겨우 조금씩 성장하여 6등급 헌터를 보유하게 되었다.

그런데 그렇게 완전히 갈려 나가던 일본의 헌터계에 한 명도 아니고, 무려 네 명이나 되는 S등급 헌터가 나온 것이다.

물론 S등급 헌터가 꼭 헌터 전력이 강한 나라에서만 탄생하는 것은 아니었다.

S등급은 그 이름처럼 특별한 존재로 어느 순간 깨달음을 얻어 일반적인 헌터의 단계에서 탈피하는 것이다.

그렇지만 아무런 토대도 없는 곳에서 그렇게 다수의 S등급이 탄생한다는 것은 위화감을 느끼기에 충분했다.

"6등급 헌터도 몇 명 없던 곳에서 바로 S등급 헌터가 나온다는 것은 제 상식으로는 잘 이해가 가지 않습니다. 또……."

최도형은 이야기를 이어 가면서 헌터계에 퍼진 상식과 방금 재식이 보여 준 사진에서 도출할 수 있는 정보를 종합해 자신들이 모르는 이형의 존재들이 개입한 것이 아닌지 천천히 설명하였다.

그런 최도형의 설명을 들은 사람들도 하나둘 그의 말에 공감하기 시작했다.

그들이 생각하기에도 일본의 변화는 너무나도 급작스러웠다.

일본에 S등급 헌터가 나왔다는 사실을 처음 접할 때는 그러려니 했다.

헌터 전력이 무너졌다고 해도 어딘가에 천재가 있을 가능성은 있으니까.

그러니 한 명 정도의 S등급 헌터가 탄생하는 것에 큰 의심을 가지지 않고 일본에 축하 메시지를 보내기도 했었다.

심지어 한국마저도 말이다.

아무리 일본과 앙금이 있는 한국이지만, 크게 보면 인류의 생존에 도움이 되는 것이기 때문이다.

그런데 한 명이 아니라 연달아 세 명이나 더 S등급 헌터가 나온다는 것은 이치에 맞지 않았다.

한국에 새로운 S등급 헌터가 나왔다는 사실에 배가 아파 거짓 정보를 퍼뜨리는 것은 아닌지 의심할 정도였다.

하지만 발표 뒤, 일본이 보인 행보는 결코 허황된 거짓말을 내뱉는다고 보기에는 너무나 이상했다.

일본 각지에 있는 던전과 몬스터 필드를 관리하던 성신 길드가 일본에서 전격적으로 철수했음에도 전혀 걱정하지 않고 몬스터의 난동을 처리하기 시작했다.

뿐만 아니라 어디서 그런 전력을 키웠는지, 고위급 헌터들이 대거 출현하기까지 했다.

헌터 한 명을 키우는 것에는 엄청난 시간과 돈이 필요하다.

마치 최고급 전투기 파일럿을 양성하는 것과 비슷했다.

헌터는 단시간 안에 초보자에서 베테랑으로 성장할 수 없었다.

꾸준한 훈련과 실전을 통해 기술을 연마하고, 몬스터 사냥을 통해 미지의 에너지를 흡수해 성장한다.

그런데 일본에 나타나기 시작한 헌터들은 그런 과정 없이 어느 순간 갑자기 강력한 모습을 보여 주기 시작한 것이다.

전부터 꾸준히 재식에게서 이야기를 들은 한국의 헌터 협회는 그러한 사실에 의심하기 시작했다.

전반적으로 분위기가 의도한 대로 흘러가는 듯하자, 재식은 속으로 미소 지었다.

물론 재식도 마족들이 한 것과 같이 단기간에 강력한 헌터 전력을 만들어 낼 수 있었다.

다만, 그러한 능력을 보여 주었다가는 지금 일본처럼 공공의 적으로 몰릴 수가 있어 그 사실을 숨겨 왔다.

균형을 무너뜨릴 힘을 굳이 알려 봐야 견제만 당할 게 뻔하기 때문이다.

"이것을 봐 주시기 바랍니다."

최도형의 이야기가 끝나자, 재식이 다시 나서서 다른 자료를 보여 주었다.

그것은 일본에서 벌어지고 있는 실종 사건에 대한 그래프였다.

그리고 마병의 출현과 사고 사례에 관한 내용도 포함되어 있었다.

"…어?"

그래프를 본 사람들은 깜짝 놀랐다.

설마 일본에서 이토록 많은 실종자가 발생하는지는 모르고 있었기 때문이다.

1년 전부터 시작된 그래프에는 현재까지 실종된 일본인의 숫자가 1만도 아니고, 무려 10만을 넘어서고 있었다.

특히나 최근 6개월 사이, 실종자의 숫자가 급격히 늘어나고 있었다.

"이, 이게 사실입니까?"

물론 일본뿐만 아니라 한국과 미국, 영국, 그리고 독일에도 실종자는 많았다.

대격변 이후, 곳곳에서 발생하는 차원 게이트와 게이트 브레이크 사태가 대표적인 예였다.

그에 휘말리게 된 사람들의 시신을 제대로 찾지 못하는 경우가 종종 발생하기 때문이었다.

그뿐만 아니라 폭력 조직에 의해 벌어지는 범죄도 늘어나게 되면서 실종자의 숫자도 덩달아 늘어났다.

다행이라면 한국의 경우 한반도가 완벽하게 수복되고, 헌터 전력이 안정적으로 유지되면서 치안력도 함께 수복되었다는 점이다.

때문에 점점 이러한 폭력 조직의 활동이 둔해지고, 덩달아 실종자의 숫자도 매년 줄어들고 있었다.

그런데 일본의 경우에는 헌터 전력이 오르면서 오히려 치안은 더욱 나빠져 가는 것이다.

다른 나라들과는 완전 반대 방향으로 흘러가고 있어 의심을 하지 않을 수 없었다.

"그래프를 보니 확실히 마스터 정의 이야기가 결코 허황된 것만은 아닌 것 같군요."

이완 맥그리거가 침중한 표정으로 말을 하였다.

S등급의 헌터가 네 명이나 탄생하고 최고위급 헌터가 다수 출현했는데, 도시의 치안은 더욱 나빠져 실종자가 급격히 늘어난다는 것은 결코 정상적인 상황이 아니란 것을 알려 주고 있었다.

무엇보다 아티팩트와 비슷한 기능을 가진 마병이란 것도 신경이 쓰였다.

강력한 힘을 가졌지만, 소유자를 미치게 할 수도 있는 저주받은 아티팩트라니.

이완 맥그리거는 소름이 끼쳤다.

그의 뇌리에 문득 고대 인신 공양을 하던 인간들의 모습이 스치고 지나갔다.

'혹시⋯⋯.'

5. 일본의 대응

S등급 헌터가 출현하자 한참이나 열광의 도가니에 휩싸이던 일본이었다.

하지만 그것도 잠시였다.

몬스터들의 위협으로부터 국민들을 지키던 성신 길드의 전격 철수로 인해 급격히 혼란해진 것이다.

물론 무너진 헌터 전력에 S등급 헌터 한 명이 추가된다고 해서 큰 영향이 있는 것은 아니었다.

하지만 한 명에 그치지 않고 연이어 S등급 헌터가 나타나자, 한국에 대한 열등감과 질투에 눈이 먼 일본은 너무 일찍이 샴페인을 터뜨린 것이다.

자국의 S등급 헌터들을 너무 맹신하고 그동안 일본을 몬스터로부터 지켜 주던 성신 길드에 등을 돌렸다.

정당한 명분이라도 있으면 모를까, 갑작스레 통보받은 성신 길드는 굳이 그런 대우를 받으며 활동할 이유가 없기에 일본에서의 활동을 전면 중단하고 귀국한 것이다.

일본의 섣부른 판단에 벌이라도 받듯이 이제는 사라진 성신 길드가 잘 막고 있던 던전이나 몬스터 필드에서 몬스터들이 쏟아지기 시작했다.

그러니 상당한 피해를 입은 건 당연했다.

하지만 이런 사태에 일본 정부와 헌터 협회는 잘못을 인정하지 않고 철수한 성신 길드에 대한 원망만을 늘어놓았다.

그동안 해 준 혜택들을 들먹이며 성신 길드의 업적과 노력을 축소하고 비난하기 시작했다.

잘못을 숨겨야 하는 일본의 입장에서는 어쩔 수 없는 선택이기도 했다.

하지만 그 뒤에 그들이 보여 준 행동은 그러한 선택으로 치부할 만한 것이 아니었다.

성신 길드가 빠져나간 전력을 메우려고 인간으로서는 해서 안 될 선택을 하고 만 것이다.

일본의 헌터 협회장인 미야모토 신타로는 악마의 유혹이란 것도 모르고 겨우 일어나기 시작한 일본의 고위급 헌터들을 악마에게 넘겨주었다.

시간과 노력을 소진하지 않고 한순간에 보다 강력한 헌터 전력을 꾸릴 수 있다는 유혹에 말이다.

그 유혹이 인류에 어떤 위협을 줄지 모르고 자신의 자리 보존을 위해 300명의 5~6등급 헌터를 희생시켰다.

헌터 강화 프로젝트란 미명하에 이루어진 이 희생은 결과적으로 대성공이었다.

프로젝트에 참가한 300명의 헌터는 S등급 헌터가 부럽지 않을 정도로 엄청난 위력을 보여 주었다.

성신 길드가 빠져나간 자리를 완벽하게 메운 것은 물론이고, 심지어 일본의 몬스터 산업이 한국의 영향에서 벗어나 활성화되기 시작했다.

그렇게 프로젝트의 성공으로 최고위급 헌터 300명을 확보하자, 일본의 헌터 협회에 대한 인기는 날로 높아져만 갔다.

무엇보다 한국의 영향권에서 벗어난 것에 열광하는 듯했다.

어쩌면 S등급 헌터가 출현했을 때보다 더 큰 환호라고도 할 수 있었다.

그도 그럴 것이, S등급 헌터일지라도 겨우 한 명 출현한 것은 크게 보면 그리 도움이 되는 것이 아니었다.

하지만 300명이나 되는 6~7등급 헌터는 한 명의 S등급 헌터보다 여러모로 쓸모가 있었다.

몬스터로부터 국민들을 지키는 데 있어 더욱 도움이 되는 것또한 당연했다.

이러한 사실에 일본인들은 300명의 최상급 헌터를 보유하게 된 헌터 협회를 환호했고, 2차 헌터 강화 프로젝트에 더욱 적극적인 지지를 보냈다.

이에 힘입어 미야모토 신타로는 보다 많은 숫자의 헌터를 다크 나이트로 만들기 위해 다시 지원자를 모집하기 시작했다.

미야모토 신타로는 헌터 강화 프로젝트에 지원한 헌터들이 돌아와 보인 상태가 이상하다는 것을 알면서도, 자신이 그들을 부릴 수 있다는 사실에 더 이상 신경 쓰지 않았다.

그래서 이번에는 300명이 아닌, 무려 1,000명의 헌터를 모집했다.

그리고 그의 예상대로 모집은 순식간에 접수가 완료되었다.

오래전 일본의 방위를 위해 모집할 때, 막대한 월급을 장점으로 선전하는 것과는 확연히 다른 모습이었다.

대격변 이전, 일본은 2차 세계대전 패전의 책임으로 군대를 가질 수 없는 국가가 되었다.

심지어 일본은 살아남기 위해 미국에 굴복하듯 군대를 가지지 않겠다며 스스로 항복 문서에 서명하였다.

그렇게 일본은 국가 자체는 유지할 수는 있지만, 그 국가를 지키는 군대는 가질 수 없게 되었다.

다만, 국가의 안전을 위해 최소한의 자경대를 보유하는 것으로 합의를 본 상태였다.

일본은 간신히 소유하게 된 이 무력 집단을 자위대라 명명했다.

전적으로 타국으로부터 공격을 받았을 때만 자위의 수단으로 자위대를 움직일 수 있었다.

때문에 그 외의 일에 일본은 점령국인 미국에 의존할 수밖에 없었다.

하지만 이에 일본은 분해하기는커녕, 오히려 상황이 잘 풀렸다고 환호했다.

군대를 꾸리는 것은 결코 적은 예산이 드는 것이 아니었다.

더군다나 일본은 전쟁의 패배로 대부분의 산업 시설들이 파괴된 상태라 군대 양성에 투자할 여건이 되지 않았다.

그때, 정말 우연스럽게도 바다 건너 이웃인 한국에서 전쟁이 벌어진 것이다.

공산주의 국가인 북한과 미국의 원조를 받아 자유주의 진영인 남한 간의 동족상잔이 이루어졌다.

덕분에 막 깨어나던 일본의 경제는 때 아닌 전쟁을 통해 급격히 성장하였다.

대한민국은 일본의 식민 통치에서 벗어나 막 성장하려던 때 발발한 한국전쟁으로 폐허가 된 반면, 일본은 대한민국에 군수품을 팔아 산업의 기틀을 마련한 것이었다.

그로 인해 오히려 예전의 성세를 능가할 정도로 발전하게 된 일본이었다.

그러면서 일본은 다시 한번 군대를 가지기 위해 보다 많은 군인을 보유하려 시도했다.

하지만 수십 년 동안 군대가 아닌 자위대로 운영하다 보니 일본인들의 인식이 오래전 군국주의 시절 일본군과는 달랐다.

심지어 징집제가 아닌 모병제다 보니 일본인들은 그리 매력적이지 않은 집단에 큰 관심을 가지지 않았다.

그러던 중 갑작스럽게 차원 게이트가 발생한 것이었다.

몬스터가 출현해 사람들을 위협하자, 일본 정부는 급하게 자위대를 군으로 승격시켰다.

그러고는 미국으로부터 개발된 유전자 시술을 도입해 헌터를 양성했다.

시간이 흘러 헌터들의 시대가 도래하자, 자위대에 대한 일본인들의 인식이 바뀌기 시작했다.

아쉽게도 능력 없던 자들의 집단이라는 인식이 끝까지 지워지지 않아 부정적인 시선은 늘 존재했다.

그런데 이번에 헌터 협회에서 진행한 프로젝트는 그런 인식과 시선을 완전히 바꾸어 놓기에 충분했다.

느슨한 이전의 자위대의 분위기와는 달리, 엄정한 군기를 바탕으로 명령 외에 다른 어떤 돌발 행동을 보이지 않았고, 무력 역시 무척이나 출중했기 때문이다.

그러다 보니 헌터들 중에서는 헌터 협회 소속으로 들어가는 것에 꺼리지 않는 헌터가 많아지게 된 것이다.

1,000명이나 되는 헌터가 다크 나이트가 되는 것에 주저하지 않고 지원하는 이유가 바로 이것이었다.

그렇게 자신의 계획이 순조롭게 진행이 되자, 미야모토 신타로의 만면에 미소가 끊이지 않았다.

하지만 그런 그의 미소도 한 통의 공문으로 인해 잔뜩 구겨지게 되었다.

미야모토 신타로의 표정을 굳게 만든 그 공문은 바로 세계 헌터 협회에서 보내진 것이었다.

그 내용은 한국을 비롯한 미국과 영국, 그리고 독일, 이 4개국 헌터 협회로부터 인체 실험에 대한 신고가 들어와 조사하겠다는 것이다.

세계 헌터 협회는 어떤 이유에서든 민간인은 물론이고, 헌터에 대한 인체 실험을 전면 금지시켰다.

몬스터로부터 인류의 안전을 지킨다는 이유로 과거 몬스터 유전자를 이용한 헌터 강화 실험과 같은 비인도적인 실험으로 자행되었기 때문이다.

그 탓에 많은 사람이 죽거나, 부작용으로 심각한 후유증으로 고생하고 있었다.

그런데 이와 비슷한 일이 일본에서 일어나고 있다는 의혹에 조사단을 파견하여 이를 조사하겠다는 것이다.

이 때문에 미야모토 신타로와 일본 헌터 협회, 그리고 일본 정부까지 심각한 고민에 빠지게 되었다.

만약 세계 헌터 협회에서 조사를 나오게 된다면, 자신들이 행한 실험을 알게 되는 것은 뻔했다.

이 실험은 세계 헌터 협회에서 규정한 인체 실험에 해당되었다.

심지어 일반인도 아니고, 인류를 몬스터로부터 지키는 헌터를 대상으로 한 인체 실험이었다.

더욱이 프로젝트의 결과가 겉으로는 성공으로 보이지만, 실상은 그렇지 않다는 게 문제였다.

프로젝트에 지원한 헌터들은 확실히 참가하기 전보다 한 단계 더 성장하였다.

이것만 보면 프로젝트는 대성공이었다.

하지만 결정적인 문제점으로 프로젝트에 참가한 헌터들은 더 이상 인간으로서 사고하지 않았다.

명령이 없으면 절대로 움직이지 않는 인형이 된 것이다.

그러니 만약 조사단이 파견되어 이들을 만나 말을 조금이라도 나누면, 그 즉시 무언가 이상하다는 걸 깨달을 게 분명했다.

그렇게 된다면 프로젝트와 연관된 사람이 처벌받는 것은 당연한 수순이었다.

어쩌면 전범에 준하는 죄로 국제 사법 재판소에 고소될 수도 있었다.

급격히 불안해진 미야모토 신타로는 이에 대한 대책을 마련해야만 했다.

*   *   *

쾅!

"제깟 놈들이 뭐라고 감히 멋대로 우릴 조사해!"

미야모토 신타로는 테이블을 내리치며 고함을 질렀다.

그런 협회장의 모습에 일본 헌터 협회 간부들은 긴장하며 아무런 말도 하지 못했다.

헌터 강화 프로젝트의 성공으로 미야모토 신타로는 이제 그저 단순한 일본의 헌터 협회장이 아닌, 차기 총리의 자리까지 넘볼 정도로 그 위상이 올라간 것이다.

그러다 보니 헌터 협회 간부들이라도 그의 눈치를 보지 않을 수가 없었다.

더욱이 세계 헌터 협회에서 조사단이 와서 헌터 강화 프로젝트의 전말을 알게 되면 미야모토 신타로 협회장은 물론이고, 헌터 협회 간부들인 자신들도 무사하지 못할 것이었다.

그러한 사실을 알기에 그들로서는 그저 미야모토 신타로의 눈치를 보며 빌붙을 수밖에 없었다.

그러니 그가 지금 화를 내건, 혹은 어떤 지시를 내리건 일단 그의 말을 따라야만 했다.

"후우… 아키야마, 대책은 생각해 봤나?"

미야모토 신타로는 자신의 측근인 아키야마 쥬브로를 불러 물었다.

"회장님, 굳이 저희가 세계 헌터 협회의 조사를 받아들일 필요가 있습니까?"

질문을 받은 아키야마는 굳은 표정으로 대답했다.

사실 세계 헌터 협회는 UN과 같은 국제기구보다는 헌터의 권익을 지키기 위해 만들어진 헌터들의 대변인, 혹은 그에 준하는 연합체일 뿐이었다.

즉, 권고할 수는 있지만, 꼭 이를 받아들일 필요는 없는 것이다.

다만, 세계 헌터 협회의 권고를 무시했을 때는 그에 따른 대가도 감수해야만 했다.

이후 어떤 문제가 발생했을 때, 다른 나라의 헌터들의 도움을 받지 못할 수도 있었다.

세계 헌터 협회는 말 그대로 전 세계에 있는 헌터들의 모임이나 마찬가지다.

국가 내의 헌터 협회와 세계 헌터 협회는 그 권위 면에서 미치는 영향력이 다를 수밖에 없다.

그러니 웬만한 문제에서는 세계 헌터 협회의 권고를 그냥 받아들이는 것이 나중을 위해서라도 나은 판단인 것이다.

하지만 여기서 일본의 헌터 협회처럼 헌터에 대한 권익에 침해 소지가 다분한 문제를 일으킨 상대는 세계 헌터 협회의 이런 조사관 파견에 민감하게 반응을 할 수밖에 없었다.

만약 그들의 의심이 조사 과정에서 진실로 밝혀진다면, 그와 관련된 사람은 국제 사법 재판소에 제소되어 전범에 준하는 처벌을 받기 때문이다.

그렇기에 세계 헌터 협회는 웬만한 문제를 가지고 각 나라에 공문을 보내지는 않았다.

그런데 이번 일본에서 헌터를 대상으로 불법적인 인체 실험을 한다는 의혹이 일면서 한국과 미국, 영국, 그리고 독일, 이 4개국에서 투서가 날아왔다.

이에 세계 헌터 협회는 설립 목적인 헌터에 대한 권리 보장과 이익 침해에 연관된 사건이라 판단해 조사단을 파견하겠다는 공문을 일본에 보낸 것이다.

만약 단순하게 특정 나라가 일부러 투서를 보냈다면, 세계 헌터 협회도 이를 무시했을 수도 있다.

실제로 과거 몇몇 나라가 자신과 사이가 좋지 않은 상대를 괴롭힐 목적으로 아무런 근거 없이 세계 헌터 협회에 투서를 보내기도 했다.

그 때문에 세계 헌터 협회에서 조사단을 꾸려 조사하면서 많은 인력과 예산을 낭비했다.

결국 이에 대한 기준을 마련하지 않을 수 없었다.

허위 신고 때문에 정작 필요한 곳에 헌터들을 보내지 못하고, 막대한 예산과 인력을 허비하는 것은 심각한 문제로 발전될 수도 있는 일이었다.

그렇지 않아도 빠듯한 예산으로 운영되는 세계 헌터 협회이기에 엄중한 기준을 세우고 만약 신고가 거짓일 경우 처벌하기로 하였다.

그리고 조사단을 파견하는 기준은 2개국 이상의 해당 국가 헌터 협회에서 의심 신고를 했을 때로 정했다.

두 나라 이상의 국가가 신고하는 것이라면, 신고의 내용이 틀리더라도 최소한 뭔가 문제가 있다고 의심할 수 있는 근거가 되기 때문이다.

그렇게 기준을 세운 뒤로 허위 신고가 줄었다.

최근 몇 년 간은 그런 허위 신고는커녕 일반적인 신고도 들어오지 않았는데, 이번에 일본에 대한 것만 네 국가에서 날아온 것이다.

단순히 일본과 사이가 좋지 못한 한국만이 아닌, 미국과 영국, 그리고 독일까지 함께 일본의 느닷없이 늘어난 헌터 전력에 대해 의심하는 것이다.

결국 네 국가의 신고를 무시하지 못한 세계 헌터 협회는 조사단을 파견할 수밖에 없었다.

심지어 네 국가의 신고가 아니더라도 세계 헌터 협회 역시 일본에 대한 의심이 무럭무럭 싹트는 중이었다.

이는 무척이나 합리적인 의심이었다.

지금까지 그 어떤 나라도 일본처럼 갑자기 S등급 헌터가 네 명이나 나오지 않았으니 말이다.

솔직히 네 명의 S등급 헌터는 우연으로 눈감고 넘어갈 수는 있으나, 300명의 최고위급 헌터가 너무나도 신경 쓰인 것이다.

최고위급 헌터는 오랜 기간 경험을 통해 성장한다.

그리고 그 속에서 소수만이 깨달음을 얻고 특별한 존재인 S등급 헌터가 되는 것이다.

이것이 사람들이 일반적으로 알고 있는 S등급 헌터이고, 헌터에 관한 정설이다.

하지만 일본은 이런 상식과는 별개로 알려지지 않은 무명의 헌터들이 느닷없이 S등급 헌터가 되었다.

뿐만 아니라 겨우 5등급 헌터, 그것도 겨우 그 등급에 오른 헌터들이 짧은 시간에 일반적인 헌터들이 오를 수 있는 최고 등급, 7등급 헌터가 되어 버렸다.

이런 케이스가 아예 없는 것은 아니었다.

이처럼 아주 짧은 시간에 성장한 헌터는 세계에서 단 한 명뿐이었다.

세계 최강의 헌터로 알려진 한국의 언체인 길드의 길드장.

정재식 헌터만이 해낸 업적이었다.

재식이 어떻게 그처럼 짧은 시간에 S등급 헌터가 되었는지는 공개적으로 알려져 있었다.

유전자 시술의 부작용으로 겨우 중급 헌터로서 전전하다 몬스터에 의해 생체 실험을 당한 뒤 각성을 통해 S등급 헌터가 되었다는 내용은 헌터들 사이에서 유명했다.

이는 명백히 일본의 상황과는 달랐다.

재식이 성장하는 과정은 헌터 협회에 고스란히 남아 있는 반면, 일본에 나온 네 명의 S등급 헌터의 성장의 비밀이나 300명의 최고위급 헌터가 어떻게 강해진 것인지 모두 알려지지 않은 것이다.

때문에 세계 헌터 협회가 의심을 가지는 것은 어찌 보면 당연한 것이었다.

*　　　　*　　　　*

2차 헌터 강화 프로젝트를 협의하기 위해 헌터 협회를 찾은 칼리크는 일본의 헌터 협회장인 미야모토 신타로의 말에 깜짝 놀랐다.

그도 그럴 것이, 생각지도 않은 뜻밖의 이야기를 들었기 때문이다.

세계 헌터 협회에서 일본을 조사하기 위해, 그것도 자신이 벌이고 있는 일을 어떻게 알아차리고 조사하기 위해 오고 있다는 것이다.

미야모토 신타로는 세계 헌터 협회를 최대한 막고 있기는 하지만, 이를 들어줄 수밖에 없다는 것이 말의 골자였다.

"설마 이대로 세계 헌터 협회의 권고를 받아들일 참입니까?"

칼리크는 진중한 표정으로 물었다.

마음속으로는 백 번도 넘게 세뇌를 걸어 자신의 뜻대로 움직이는 인형을 만들까 고민한 칼리크지만, 누군가 알아차릴 가능성 때문에 자제하며 대책을 물었다.

그런 칼리크의 질문에 미야모토 신타로는 그동안 협회 간부들과 논의한 대책에 대해 이야기하였다.

"일단 가미노센시들을 숨기는 것이 좋을 듯하네."

헌터 강화 프로젝트로 탄생한 다크 나이트를 미야모토 신타로나 일본인들은 신의 전사를 뜻하는 가미노센시라 불렀다.

당연히 이를 들은 칼리크는 속으로 비웃었지만, 겉으로는 태연하게 받아들였다.

신과 대척점에 있는 마족인 그가 만든 언데드를 신의 전사라는 이름으로 부르는 것이 참으로 우스웠다.

"제 생각에도 그렇습니다. 숨길 장소에 대해 생각해 보셨습니까?"

"음, 그게… 마땅히 떠오르는 데가 없어서 말일세……."

미야모토 신타로가 불안한 눈빛으로 쳐다보자, 칼리크는 마침 좋은 생각이 있는 것마냥 눈을 동그랗게 떴다.

"아, 마침 후지산 인근에 있는 주카이 숲에 몬스터 필드가 있습니다. 가미노센시들을 그곳에 숨기는 것은 어떻습니까?"

"오, 아주 괜찮은 생각이군그래."

칼리크의 대답을 들은 미야모토 신타로는 한때 자살의 숲으로 유명하던 주카이 숲을 떠올렸다.

원래부터 울창하고, 또 통신이 잘 터지지 않는 곳이었다.

심지어 차원 게이트로 인한 공간 간섭 현상으로 발생한 몬스터 필드는 무언가를 숨기기에 참으로 최적의 환경이라 할 수 있었다.

그러니 주카이 숲에 몬스터 필드가 만들어졌다는 이야기를 듣자마자 스르륵 마음이 기울었다.

하지만 이상한 점이 하나 있었다.

주카이 숲에 몬스터 필드가 생겼다는 정보는 헌터 협회장인 그조차 방금 전 칼리크가 이야기하기 전까지 모르던 정보였다.

잠시 고개를 갸웃거리는 미야모토 신타로였으나, 이내 고개를 저었다.

S등급 헌터끼리의 정보 교환이라도 있던 게 아닌가 멋대로 납득한 그였다.

일본의 헌터 협회장인 그조차 모를 정도면, 다시 말해 그 이야기는 일본을 조사하기 위해 오는 세계 헌터 협회의 조사단도 알지 못할 것이 분명하다는 소리다.

그러니 혹시나 모를 의심을 피하기 위해 가미노센시들을 조사단이 일본을 떠날 때까지 그곳에 숨겨 둔다면 아무것도 알아내지 못할 것이라 그는 판단했다.

"음, 이건 다른 이야기입니다만, 2차 양…성은 언제쯤 하면 좋겠습니까?"

순간, 양산이라 말실수할 뻔한 칼리크는 얼른 양성으로 말을 바꿔 물었다.

하지만 다행히도 미야모토 신타로는 전혀 이상함을 느끼지 못한 듯, 아무렇지 않게 대답했다.

"그 문제도 중요하긴 하지만, 그건 조사단이 일본을 떠난 뒤에 다시 논의하는 것이 좋을 듯하네."

미야모토 신타로는 헌터 강화 프로젝트가 자칫 헌터에 대한 생체 실험으로 비춰질 수 있기에 세계 헌터 협회의 조사단이 돌아간 뒤로 계획을 미루자며 칼리크를 달랬다.

사실 미야모토 신타로는 마기에 현혹된 상태지만, 강력한 마법에 의해 정신을 조종당하는 것은 아니었다.

즉, 그의 정신 상태는 칼리크에게 종속이 된 것이 아닌, 지극히 정상에 가까운 것이다.

다만, 칼리크의 마기에 자주 노출되면서 그의 내면에 자리하던 욕망이 강화되었고, 그로 인해 욕망을 충족시켜 줄 존재인 칼리크에게 호감과 동질감을 느끼게 된 것이었다.

그러다 보니 칼리크가 하려는 일이 자신의 야망에 대척이 되지 않는다면, 너그러이 들어줄 의향이 있는 그였다.

다크 나이트의 양산이 자신의 야망에 도움이 된다고 판단하였기에 헌터 강화 프로젝트라 명명하고, 또 지원한 헌터들의 이지가 약해져 정상이 아닌 상태로 변한 것을 알면서도 이를 추진하는 것이다.

더욱이 그렇게 만들어진 다크 나이트는 협회 산하 특수부대가 되었다.

그것도 자신의 명령만을 듣는 부대.

때문에 칼리크에 대한 미야모토 신타로의 신뢰는 그 어느 때보다 깊었다.

그러니 상황에 맞지 않는 2차 다크 나이트 제작에 대한 언급에도 차분히 칼리크를 달랠 수 있는 것이었다.

'흠……'

하지만 이런 미야모토 신타로 협회장의 말에 칼리크는 속으로 작게 신음을 흘렸다.

겉으로는 태연한 표정을 짓는 칼리크라 하지만 무척이나 답답했기 때문이다.

일본에 자리를 잡은 마족은 모두 다섯 명이다.

물론 처음 칸트라 차원에서 지구로 차원 이동한 마족은 총 스무 명이었지만, 차원 이동하는 과정과 지구에서 정착하는 과정에서 열다섯 명이 죽었다.

단 다섯 명의 마족만이 일본인을 숙주 삼아 살아남은 것이다.

하지만 문제는 그런 것이 아니었다.

진짜 문제는 살아남은 다섯 명 중 그가 최강자가 아니란 것이다.

현재 일본이 보유한 S등급 헌터는 모두 칸트라 차원에서 넘어온 마족들이었다.

그런데 이들 중 칼리크가 가장 먼저 S등급 헌터가 되었다고 알려져 있지만, 실상은 그가 아닌 다른 마족이 먼저 S등급에 올랐다.

그다음으로 칼리크가 S등급에 올랐다.

가장 먼저 S등급의 힘을 가진 마족은 카크로크였다.

애석하게도 칼리크는 카크로크와 그리 사이가 좋지 못했다.

같은 마족으로 묶여 있지만, 종족이 달랐고 무엇보다 지향하는 바가 달랐다.

카크로크는 다른 마족들과 달리 자신이 만든 물건을 퍼뜨려 그것으로부터 발생하는 부정적 에너지를 모아 강해졌다.

참으로 특이한 방식이 아닐 수 없었다.

사실 이와 같은 방식으로 강해지는 것은 결코 쉽지 않다.

그도 그럴 것이, 마병을 만들기 위해서 위험을 감수해야 하는 것은 물론이고, 또 그렇게 마병을 만들어 부정적 에너지를 생성시켰다고 해도 쌓이는 양이 아주 미미했다.

물론 한꺼번에 많은 양의 부정 에너지를 모으는 방법도 있기는 했다.

하지만 그 방법은 하이 리스크, 하이 리턴이라 할 정도로 너무나도 위험했다.

바로 자신이 만든 마병을 들고 사냥을 나서는 것이다.

육체적으로 뛰어나긴 하지만 헌터와 비교해선 그리 강하다고 할 수도 없는 초기에 헌터와 같은 강력한 에너지를 가진 존재를 사냥한다는 것은 불가능한 일이었다.

그 때문에 다른 마족들의 도움을 받아 인간들을 납치하고, 그들이 뿜는 부정적 에너지를 흡수한 덕에 겨우 마병을 만들 수 있었다.

사실 죽은 열다섯 명의 마족 중에는 이런 카크로크의 성장을 돕기 위해 나섰다가 도리어 당한 이도 있었다.

마족들의 보급을 담당하는 자가 카크로크였기에 그의 성장은 마족들의 성장과 직접적인 연관이 있다고 해도 무방했다.

경쟁자임에도 불구하고 카크로크의 성장은 그들에게도 무척이나 중요하기에 그를 도울 수밖에 없었다.

인간이라면 자신의 성장을 위해 희생한 동족에게 감사한 마음을 가질 법도 했지만, 카크로크는 그러한 생각을 일절 하지 않았다.

그저 자신의 힘을 더욱 키우기 위해 묵묵히 마병을 만들 뿐이었다.

많은 마족이 희생하고 나자, 다른 마족들도 더 이상 그에게 신경 쓰지 않고 스스로 힘을 기르기 위해 힘쓰기 시작했다.

키메라 제작에 특기가 있는 벰브로스의 경우, 몬스터를 이용한 강력한 키메라 제작에 몰두를 했다.

또 흑마법이 특기인 탈라크의 경우에는 자신이 아는 마법을 인간의 몸으로 펼칠 수 있도록 연구하고 있었다.

마족으로서 흑마법을 사용하는 것은 인간이 숨을 쉬는 것처럼 자연스럽고 쉬운 것이지만, 인간의 몸으로 마족의 마법을 펼치는 것은 무척이나 어려운 것이었다.

마치 히말라야처럼 공기가 희박한 높은 산에서 인간이 숨을 쉬는 것만큼이나 힘든 일이었다.

인간들이 히말라야처럼 높은 산에 등반할 때, 산소가 희박한 대기 속에서도 숨을 쉴 수 있도록 산소마스크와 같은 도구를 쓰거나 특별한 호흡법을 배우는 것처럼 탈라크도 마법을 개량해야만 했다.

아주 기본적인 마법이야 별다른 개량이 필요하지 않지만, 강력한 위력을 발휘하는 마법의 경우에는 그 강한 마력을 인간의 신체가 감당할 수 없기에 개량이 필수적이었다.

이는 마법뿐만 아니라 육체를 이용한 투기술 역시 마찬가지였다.

투기술이 특기인 세이갈 또한 마족의 강대한 육체적 기술을 평범한 인간의 몸으로 펼쳐 내기 위해서 다양한 방법이 필요했다.

벰브로스처럼 인간의 육체가 감당할 수 있을 정도로 위력을 줄이던가, 아니면 그에 맞게 개량해야만 했다.

이처럼 다른 마족들은 힘을 키우고자 노력할 수 있지만, 문제는 대외적인 활동을 하는 자신은 힘을 키우는 데 전력을 기울일 수가 없다는 것이다.

그 때문에 눈앞의 욕심 많은 늙은이와 얼굴을 맞대고 다크 나이트를 양산할 계획을 세운 것이었다.

하지만 어떻게 비밀이 외부에 알려지게 되었는지 모르겠지만, 그런 계획이 모조리 틀어지고 말았다.

'그냥 이번 기회에 그 조사단이란 것들과 이놈들을 모두

쓸어버리고, 내가 모두⋯⋯.'

순간 그런 생각이 들었다.

원래 세운 계획보단 부족하긴 하지만, 현재 자신이 보유한 다크 나이트의 숫자는 일본이란 나라를 전복하기에는 충분한 숫자였다.

비록 경쟁자이기는 하지만, 만약 이런 계획을 세운다면 다른 마족들도 거부하진 않을 것이다.

그들도 지금처럼 조심스럽게 힘을 키우는 것보다 섬나라인 일본을 점령한 뒤에 원하는 대로 행동하는 편이 훨씬 빠르게 힘을 키울 수 있기 때문이다.

하지만 칼리크는 이내 고개를 저으며 그런 생각을 접었다.

상급 마족으로서 자신이 마계의 힘을 모두 되찾았다고는 하지만, 정작 지금의 몸은 나약한 인간일 뿐이었다.

육체가 죽게 되면 그것을 차지하고 있는 자신들 역시 죽는 것이다.

인간의 육체를 가지면서 한계를 극복할 수 있는 가능성을 가지게 된 것은 좋았지만, 반대로 명확한 한계가 생겨 버린 것이다.

그러니 충분히 가능해 보이는 일이라도 신중해야 하는 입장이었다.

그러한 한계뿐만 아니라 마계가 아니기에 사용한 마력을

회복하는 것도 쉽지 않다는 점이 칼리크의 계획을 막은 요인 중 하나로 작용했다.

그런 이유로 칼리크는 어쩔 수 없이 미야모토 신타로의 말처럼 조사단이 돌아간 뒤에 움직이기로 마음을 먹었다.

*　　　*　　　*

"어떻게 되었습니까?"

재식은 한국의 헌터 협회장인 김중배를 보며 물었다.

그런 재식의 질문에 김중배는 빙그레 미소를 지으며 대답하였다.

"지들이 버틴다고 그게 가능하겠나?"

김중배는 자료가 적힌 서류 더미를 재식에게 넘겨주었다.

그 자료는 일본의 헌터를 대상으로 한 인체 실험 정황에 대한 조사 필요성 타진에 대한 공문이었다.

재식의 제안으로 4개국 헌터 협회에서 세계 헌터 협회로 보낸 것에 대한 공문이 정식으로 날아온 것이다.

이번 조사 단장으로는 가장 먼저 조사를 언급한 재식의 이름이 있었다.

그리고 그 다음으로 한국과 함께 공동으로 일본에 대한 조사를 지지한 미국과 영국, 그리고 독일의 참관인들의 명단이 빼곡히 들어가 있었다.

물론 공문에는 이들의 명단뿐만 아니라, 공정성을 위해 세계 헌터 협회에 소속된 헌터와 러시아, 프랑스 등 다른 나라에서도 참가하는 조사단원들이 포함되어 있었다.

그렇게 이번 조사단의 인원은 무려 200여 명에 이르렀다.

각국을 대표하는 헌터들과 각각의 동행인 다섯 명 정도로 이루어지다 보니 조사단의 규모가 커진 것이다.

이처럼 거대한 조사단 규모를 보면 안심될 법하지만, 재식의 표정은 그리 썩 밝지 못했다.

그도 그럴 것이, 최악의 사태를 생각하는 재식의 입장에서 일본이 발표한 S등급 헌터가 네 명이라는 것이다.

그 말은 못해도 마계의 존재의 영향을 받은, 혹은 마계의 존재가 최소 네 명이란 소리였다.

심지어 어디까지나 최소 네 명이지, 얼마나 더 숨어 있을지 알 수 없었다.

거기다 최상급 헌터에 준하는 다크 나이트가 무려 300기가 넘었다.

지금쯤이면 이시이 제약 연구소에서 본 캡슐 속 300명의 헌터가 다크 나이트가 되었을 것이다.

조금만 더 빨리 발견했다면 좋았을 터지만, 이미 늦은 것은 어쩔 수 없었다.

우선 흔적을 찾은 것에 만족하고, 최대한 빠르게 마계의 존재들을 일망타진하고 싶은 재식이었다.

하지만 한국 헌터 협회로 내려온 공문에는 마계의 존재들을 일망타진할 만큼의 전력을 투사할 수 없게끔 제한이 걸려 있었다.

아무리 자신을 비롯한 영국과 미국, 그리고 독일에서 S등급 헌터들이 참여한다지만, 그 숫자가 너무 적었다.

다행이라면 이번 조사에 자신과 동행할 사람이 친구인 최수형을 비롯한 S등급 세 명이라는 점이다.

즉, 일본에 S등급 헌터가 몇 명이나 더 있는지는 알 수는 없지만, 이번 조사단에 포함된 S등급 헌터만 해도 본인을 포함해 여덟 명이나 되었다.

한국에서 네 명, 미국과 영국, 그리고 독일에서 각각 한 명씩.

그리고 세계 헌터 협회에서 파견되는 S등급 헌터 한 명까지.

이렇게 총 여덟 명의 S등급 헌터가 있어 재식은 최악의 사태에서도 그리 심각한 위협이 없을 거라 판단했다.

만약 그럴 일은 없겠지만, 만약 자신이 예상한 것보다 더 많은 다크 나이트가 존재한다면, 재식은 그동안 세계에 알리지 않던 최상급 정령들을 소환할 각오까지 하였다.

최상급 정령에 대해 아는 이는 드물었다.

이제는 한배를 탄 것이나 다름없는 미국, 영국, 독일의 일부 헌터를 제외하고는 그 실체를 알지 못했다.

그나마 그 힘을 드러낸 것이 미국에서의 몬스터 웨이브인

데 그조차도 극히 일부분에 불과했다.

애초 공격용이 아닌 격벽을 세워 몬스터들의 진격을 막은 정도니까 말이다.

어쨌든, 물의 최상급 정령인 슈마리온이 봉래호 인근에서 선보인 위력이라면 아무리 최상급 헌터에 준하는 다크 나이트 수백 기라도 한순간에 그 전력을 절반 이하로 줄일 수 있을 것이다.

그렇게 되면 일본이 발표한 것보다 더 많은 S등급 헌터를 숨기고 있다고 해도, 그 숫자가 하나에서 셋 이하가 될 터이니, 충분히 해볼 만했다.

"길드에서 더 데려가고 싶지만, 이 정도만으로도 충분하겠네요."

조사단의 구성에 조금 아쉽지만, 부족한 부분은 직접 나서 힘을 더 쓰리라 생각하는 재식이었다.

"허어… 이 정도로도 만족하지 못하는 겐가. 정 길드장은 도대체 얼마나 더한 전력으로 조사단을 꾸릴 생각이었기에 그렇게 말하는 건가?"

김중배는 재식의 이야기를 듣고는 황당하다는 표정을 지으며 물었다.

재식은 작은 미소만 지을 뿐, 아무런 말도 하지 않았다.

6. 조사단의 일본 도착

일본 지바 시는 몇 년 전까지만 해도 도쿄 만에 위치한 공장 지대였다.

하지만 맞은편, 서쪽에 위치한 도쿄 국제공항에서 게이트 브레이크가 발생하면서 던전화되어 폐쇄하게 되었다.

그 때문에 일본 정부는 수도인 도쿄 인근에 국제공항의 필요성을 느껴 급히 공장 지대인 이곳에 신공항을 건설했다.

그런데 지바 시에 새로운 공항을 세우는 것에 모든 국민이나 국회의원들이 찬성한 것은 아니었다.

그도 그럴 것이, 한 시간 거리에 나리타 국제공항이 존재했기 때문이다.

도쿄 국제공항이 폐쇄되었다지만, 나리타 국제공항은 온전하게 제 기능을 하고 있던 것이다.

그 때문에 굳이 지바 시에 새로운 공항을 만들 필요가 있냐는 의견이 빗발쳤다.

하지만 도쿄에서 나리타까지 가는 것보다 지바로 가는 편이 훨씬 가깝기에 물류 이동이나 도쿄의 땅값을 생각하면 도쿄 인근에 공항이 있는 것이 맞다는 여론에 밀려 이곳에 신공항이 들어섰다.

찰칵찰칵!

많은 내외신 기자들이 지바 국제공항의 로비에서 열심히 촬영하고 있었다.

조금 뒤 도착할 세계 헌터 협회에서 파견된 조사단을 취재하기 위해 모여든 기자들이었다.

그들은 혹시나 자신의 무기라 할 수 있는 카메라가 제대로 작동하지 않을까 테스트하기 위해 아직 게스트가 도착하지도 않았음에도 열심히 사진을 찍고 있었다.

웅성웅성.

"곤도 아사미 사무장이다!"

기자 중 한 명이 게이트로 다가오는 사람 중 한 명을 가리키며 소리쳤다.

"어? 설마 협회장이 나오지 않고, 고작 사무장이 조사단을 맞이하기 위해 나온 거야?"

일본의 헌터 협회에서 세계 헌터 협회에서 나오는 조사단을 맞이하는 인물로 협회장이 아닌, 고작 간부 중 하나인 곤도 아사미 사무장이 나온 것에 기자들이 놀라 저들끼리 떠들었다.

세계 헌터 협회의 인물이 방문했을 때, 일반적으로 국빈으로 취급하여 그에 준하는 의례를 하곤 했다.

세계 헌터 협회가 비록 UN에 등록된 단체는 아니지만, 대격변 이후 유명무실해진 UN보다 더 인류 안정에 이바지하고, 또 각국 헌터들에게 영향력을 행사하고 있기 때문이었다.

그렇기에 일본의 헌터 협회에서도 그동안 세계 헌터 협회에서 방문하게 되면, 그에 준하는 인물이 나서서 맞이하였다.

그런데 오늘은 어째서인지 기존 관례와 상당한 차이를 보이고 있었다.

협회 사무장이 결코 낮은 직급은 아니지만, 그래도 S등급 헌터가 대거 포함이 되어 있는 공식적인 조사단에 비하면 조촐한 것은 사실이었다.

S등급 헌터가 대거 포함되어 있는 것만 봐도 이번 일의 무게가 상당함을 알 수 있음에도 불구하고, 일본의 헌터 협

회에서는 간부 서열 10위권에 겨우 걸친 곤도 이사미 사무
장이 나온 것이다.

너무나 뜻밖의 일인지라 기자들 사이에서도 작은 소란이
일어났다.

"잠잠하던 세계 헌터 협회에서 조사단을 파견한다는 것
도 좀 이례적인 일이긴 하지만, 일본의 헌터 협회의 처사도
좀 이상하고… 이거 정말로 무슨 일 있는 거 아니야?"

기자들은 주변을 두리번거리며 혹시 이번 일에 대해 무언
가 아는 사람은 없는지 살폈다.

한편, 조사단을 맞이하기 위해 나온 곤도 아사미 사무장
은 굳은 표정으로 게이트 입구를 노려보았다.

미야모토 신타로 협회장의 지시로 공항에 조사단을 마중
나오기는 했지만, 그는 이 자리가 썩 마음에 들지 않았다.

원칙대로라면 협회장인 미야모토 신타로 회장이나 부회
장인 사이토 다로 부회장 정도가 나와야 정상이었다.

하다못해 그 밑의 전무라도 나와야 예의에 맞는 것이었
다.

그런데 무슨 일인지 겨우 사무장인 자신에게 세계 헌터
협회의 조사단들을 맞이하라는 지시가 내려온 것이다.

결국 본의 아니게 마중 나가게 된 곤도 아사미는 황당함
을 감출 수 없었다.

하지만 협회에 소속된 간부인 그가 미야모토 신타로의 지

시를 거부할 수 없었다.

곤도 아사미는 속으로 크게 한숨을 내쉬었다.

이미 자신이 나와 조사단을 맞이하는 것 자체가 결례나 다름없었다.

그렇게 식은땀이 등줄기를 타고 땅에 떨어질 때쯤, 굳게 닫혀 있던 게이트가 열렸다.

저벅저벅.

게이트에서 각양각색의 생김새를 가진 사람들이 쏟아져 나왔다.

조사단원들은 게이트를 나와 흩어지지 않고 여러 사람과 함께 마중을 나온 듯한 사람이 곤도 아사미의 앞으로 걸어 와 멈춰 섰다.

생각한 것보다 많은 인원수에 당황한 곤도 아사미는 표정이 굳었지만, 억지로라도 웃음을 지어 보이며 조사단을 맞이하였다.

"어서 오십시오. 일본 헌터 협회에서 나온 곤도 아사미라 합니다."

척.

곤도 아사미는 허리를 90도로 숙여 과할 정도로 정중히 인사하였다.

이런 모습에 재식을 비롯한 조사단원들은 순간 당황했다.

세계 헌터 협회의 이름을 빌어 파견 나오긴 했지만, 세계 헌터 협회와 일본의 헌터 협회는 수직적인 관계가 아니었다.

굳이 이렇게까지 과도한 예를 보일 필요가 없이 그저 서로를 존중한다는 것만 보일 정도만 하면 되는 것이다.

"아, 예. 세계 헌터 협회의 의뢰를 받아 조사단의 단장을 맡게 된 정재식이라고 합니다."

곤도 아사미는 고개를 들어 재식의 얼굴을 바라보았다.

이번 조사단의 단장은 세계 최강의 헌터라는 명성을 가진 정재식 헌터였다.

그는 침을 꼴깍 삼켰다.

사실 재식이 조사단장을 맡은 것은 헌터 중 최강자란 이유도 있지만, 무엇보다 재식이 일본에 잠입하여 가져온 증거가 결정적이기 때문이다.

재식이 찍어 온 사진 속에는 캡슐 속 헌터들에 대한 상세한 정보도 곁들어 있었다.

때문에 그 사진이 단순하게 각성하지 못한 하급 헌터가 중급 헌터가 되기 위해 유전자 변형 시술을 받는 모습이 아닌, 이미 중급이나 상급 헌터로 활동하는 5~6등급의 헌터란 것이 밝혀졌다.

만약 그런 사진과 정보가 없었더라면, 아무리 재식이 세계 최강의 헌터라는 칭호를 가지고 있더라도 세계 헌터 협회에 단 한마디도 하기 힘들었을 것이다.

아니, 일본이 헌터를 대상으로 생체 실험을 하고 있다 제보했어도, 세계 헌터 협회에서 이렇게 많은 전력을 꾸려 조사하지는 않았을 것이 분명했다.

그저 소수의 인원을 파견해 형식적인 조사만 하다 돌아갔을 터.

하지만 재식은 일본에 마계의 존재가 침투한 사실을 알기에 그 흔적을 찾으러 직접 일본에 잠입을 하였고, 아주 우연한 기회에 그 흔적을 발견한 것이다.

다만, 안타까운 점은 원래 목적인 마계의 존재를 찾는 일을 이루지 못하고 그들이 했을 것으로 짐작되는 실험 장소를 찾았을 뿐이라는 것이다.

그렇기에 재식은 보다 정밀한 조사를 위해 자신의 인맥을 동원해 세계 헌터 협회에 제보하여 대대적인 조사를 하려는 것이었다.

그런데 일본에서 마중 나온 인물이 이토록 저자세를 보이니, 순간 갈피를 잡을 수가 없어 당황한 재식이었다.

그가 생각하기에 일본에서 분명 자신들의 조사를 방해하기 위해 분명 어떤 공작을 할 것이라 예상하고 있었다.

하지만 지금 상황은 예상한 것과는 전혀 다른 모습인 것이다.

'왜 이런 태도를 보이는 거지? 설마, 이것도 우리를 혼란시키기 위해 일부러 이러는 건가?'

재식은 날카로운 눈빛으로 곤도 아사미를 훑었다.

너무나도 뜻밖의 상황을 맞이하다 보니 재식은 상황 판단에 혼란이 왔다.

곤도 아사미는 식은땀을 뻘뻘 흘리며 말문을 열었다.

"저… 조사단이 활동하는 동안 머무실 숙소를 마련했습니다. 숙소 먼저 안내해 드리겠습니다."

곤도 아사미는 여전히 재식의 눈치를 보며 안내하기 시작했다.

조사단은 앞으로 일주일간 일본에 머물면서 인체 실험에 대한 조사를 할 예정이었다.

그리고 그 조사의 포문을 자신이 연다 생각하니 떨리지 않을 수 없던 그였다.

"자, 그럼 저를 따라오십시오."

곤도 아사미가 조사단의 선두에 서서 안내하였다.

찰칵찰칵!

조사단이 곤도 아사미를 따라 공항 밖으로 나가자, 그런 조사단원들을 찍기 위해 기자들은 열심히 촬영하였다.

한참이나 열중해서 촬영하던 기자들은 그제야 무언가 이 상함을 깨달았다.

일반적으로 이런 대대적인 행사가 있을 때, 짧게나마 기자회견을 하곤 했다.

그런데 관례나 다름없는 일이 긴장한 곤도 아사미 때문에 생략된 것이다.

기자들에게는 정보를 얻을 수 없어 아쉬운 일이지만, 일본에게는 결코 나쁘지 않았다.

괜히 일본의 이미지를 떨어트릴 여지도 주지 않았을 뿐만 아니라, 조사단에게도 어떤 정보도 주지 않은 것이다.

명백히 긴장한 곤도 아사미의 실수지만, 이는 그를 보낸 미야모토 신타로의 의도이기도 했다.

그리고 그의 의도는 성공이라 할 만큼 잘 풀렸다.

최대한 조사단원들이 외부에 알려지는 것을 막고, 또 그들이 일본에서 별다른 것을 발견하지 못하고 돌아가길 원한 미야모토 신타로였다.

때문에 헌터 협회 간부이지만, 일처리가 매끄럽지 못한 곤도 아사미를 접객 담당으로 파견한 것이다.

그러한 의도도 모른 채 곤도 아사미는 국빈을 맞는 의례도 생략하고, 그냥 수학여행 안내원마냥 세계 헌터 협회에서 파견한 조사단원들을 가볍게 인사한 다음 바로 숙소로 안내해 버렸다.

그 때문에 조사단원들을 취재하기 위해 자리를 잡고 있던 기자들만 닭 쫓던 개가 되어 버렸다.

그들이 찍은 것이라고는 고작 게이트를 나온 조사단원들의 모습과 그들이 곤도 아사미의 안내를 따라 숙소로 향하는 모습 몇 컷이 전부였다.

찰칵찰칵!

저 멀리 공항 로비의 출입문이 닫히고 헌터 협회에서 나온 곤도 아사미와 직원들, 그리고 그들을 따라간 조사단의 모습이 사라지자, 기자들에게서 불만의 목소리가 터져 나왔다.

"뭐야! 이러면 기사를 어떻게 쓰라는 거야!"

"하아, 한참을 기다렸는데… 돌아가서 뭐라고 해야 하지…….."

몇몇 기자들은 뒤늦게 조사단을 쫓아 갔지만, 이미 때는 늦어 버렸다.

세계 헌터 협회에서 조사단이 파견 나와 일본에 도착했다는 정보 말고는 아무것도 건지지 못한 기자들은 잔소리할 상급자를 떠올리며 크게 한숨을 내쉬었다.

*   *   *

"먼저 오늘 일정부터 알려 드리자면, 오후 5시에 저희 협회장님과 면담이 있습니다. 그리고 두 시간 뒤, 7시에는 총리님과 정부 관계자들과 만찬이 예정되어 있습니다."

호텔에 도착한 곤도 아사미는 조사단원들이 배정된 객실에 짐을 풀자, 바로 오늘 예정된 스케줄을 이야기하였다.

이에 조사단원들은 눈살을 찌푸렸다.

재식이나 조사단들은 일본에 정치적으로 힐책하기 위해 온 것이 아니라 인류를 위협하는 존재의 흔적을 찾기 위해 온 것이었기 때문이다.

그러니 굳이 일본의 협회장이나 총리를 만나 볼 필요가 없었다.

"아, 일정에 대해 문제가… 음……."

그런 곤도 아사미의 말에 거절하려던 재식은 순간 다른 생각이 들어 말을 멈추고 생각에 잠겼다.

일본의 헌터 협회장과 일본의 총리를 비롯한 정부 인사들을 만난다는 것이 꼭 불필요하지 않다는 생각이 들었기 때문이다.

일본의 우익 기업으로 알려진 이시이 제약의 연구소에서 대규모 인체 실험이 자행되었다.

그리고 그것은 결코 연구소의 몇몇 사람이 멋대로 실행할 수 있는 일이 아니었다.

더욱이 소수의 헌터를 대상으로 하는 것이 아닌, 무려 300명이나 되는 헌터가 대상이었다.

뿐만 아니라 마치 광고하듯 헌터 협회장이 TV에 나와 담화를 나눈다는 것은 적어도 헌터 협회장 한 명은 연관이 있는 것이나 다름없었다.

어쩌면 헌터 협회장보다 더 높은 직위의 인물과 연관이 있을 수도 있다고 보는 것이 타당했다.

그런 생각이 들자 재식은 곤도 아사미가 이야기한 스케줄을 거절하지 않고 직접 만나는 것도 나쁘지 않겠다며 판단했다.

'혹시 모르지. 그들 중에 마계의 존재와 관련된 인물이 있을지도. 우선 그들을 만나 보고 판단해 봐야겠군.'

단순히 의심에 불과한 생각이지만, 혹시라도 오늘 만날 사람 중에 숨어 있다면 큰 쾌거였다.

만약 그렇게 된다면 일은 생각보다 쉽게 끝날 수도 있었다.

"그런 형식이 필요하다면… 오늘 하루 정도는 괜찮을 것 같군요."

"네?!"

"재식, 아니, 단장님! 그게 무슨 소립니까? 할 일이 이렇게나 많은데……."

세계 헌터 협회에서 파견된 S등급 헌터인 알렉세이 이그나초프는 당황한 나머지 큰 목소리로 재식을 불렀다.

그뿐만 아니라 재식의 곁에 있던 수형 또한 출발하기 전에 계획한 것과 다른 재식의 행동에 놀라 소리쳤다.

하지만 그런 두 사람의 반응에도 재식은 묵묵히 곤도 아사미와 일정을 재확인했다.

"그때까지 시간이 있으니, 좀 쉬겠습니다. 네 시간 뒤에 다시 보기로 하죠."

재식은 그렇게 말하며 곤도 아사미를 비롯한 일본 헌터 협회에서 나온 이들에게 축객령을 내렸다.

일단 곤도 아사미를 내보낸 뒤에 조사단원들에게 설명할 생각인 것이다.

"알겠습니다. 그럼 네 시간 뒤에 다시 오겠습니다."

척.

자리에서 일어난 곤도 아사미는 다시 정중히 인사하고 호텔을 빠져나갔다.

재식이 조사단원들을 무시하고 자신의 편을 들자 안심한 건지, 처음 봤을 때처럼 과도하게 예를 차리지는 않았다.

그렇게 곤도 아사미와 일본의 헌터 협회에서 파견된 인원들이 호텔을 떠나자, 재식은 의아한 표정으로 자신을 바라보는 조사단원들을 불러 모았다.

그러고는 조금 전 자신이 곤도 아사미에게 그런 이야기를 하게 된 이유를 설명하였다.

일본의 헌터 협회장이 직접 TV에 출현하여 헌터들에게 인체 실험에 자원하라고 떠들던 것과 생체 실험의 규모 등을 이야기했다.

그러며 그 정도의 일이 단순하게 몇몇 사람들만의 의지로 이뤄질 수 없다는 것을 강조했다.

더욱이 그렇게 만들어지는 것이 최상급 헌터에 준하는 인간 병기였다.

그런 과격한 실험임을 설명하며 마계의 존재와 가장 밀접한 연관을 지닐 것으로 의심되는 일본의 헌터 협회장이나 혹은 최고위층들을 만나 보는 것도 좋은 방법이라며 설득하였다.

그러자 조사단원들은 당황한 것도 잠시, 이런 재식의 설득에 하나둘 고개를 끄덕이며 수긍하기 시작했다.

＊　　　　＊　　　　＊

변동된 계획을 따라 일본의 헌터 협회장인 미야모토 신타로와 면담하기로 예정된 5시까지 조사단원들은 푹 쉬기로 했다.

저마다 개인 정비를 하며 시간을 보내던 그들은 다시 찾아온 곤도 아사미를 맞이했다.

그러고는 곤도 아사미를 따라 일본 헌터 협회로 이동했다.

"이곳이 저희 일본의 헌터 협회입니다."

안내를 맡은 곤도 아사미가 소개한 곳은 아주 커다란 홀이었다.

"단장님을 제외한 다른 분들은 여기서 대기해 주시기 바랍니다."

200명이나 되는 대량의 인원이 헌터 협회장인 미야모토 신타로와 만날 수는 없기에 일단 대기하고 이들을 대표로 하는 소수의 사람만 그와 면담하기로 한 것이다.

"그럼 저를 따라오시지요."

곤도 아사미는 조사단장인 재식을 돌아보며 안내를 시작했다.

처음 공항에서 마주쳤을 때와는 다르게 이제 완전히 안정을 되찾은 것인지 곤도 아사미는 전혀 긴장하지 않고 엘리베이터로 재식을 안내하였다.

띠링!

엘리베이터가 20층에 멈추자, 곤도 아사미가 내리며 누군가에게로 다가갔다.

"협회장님, 모시고 왔습니다."

"수고했네. 자네는 이만 가 보게."

곤도 아사미에게 보고받은 사람이 간단히 고개를 끄덕이며 축객령을 내렸다.

어떻게 보면 참으로 무례한 태도지만, 곤도 아사미는 이를 전혀 기분 나빠 하지 않고 오히려 기쁜 듯 고개를 숙이며 인사했다.

"수고라니… 감사합니다. 그럼 전 이만 물러나겠습니다."

곤도 아사미는 그렇게 자신의 일은 여기까지라는 듯 엘리베이터에서 내리는 재식과 조사단의 수뇌부에게 인사하고 떠났다.

덩그러니 놓인 재식과 수뇌부는 새로운 인물의 얼굴을 쳐다보았다.

"반갑습니다. 일본의 헌터 협회 부회장을 맡고 있는 사이토 다로라고 합니다. 우선 장소를 옮기시지요."

스스로를 일본의 헌터 협회 부회장이라 소개한 그는 50대 중반의 중년 사내였는데, 일본인 치고는 덩치가 상당히 큰 편이었다.

조용히 그를 살펴보던 재식은 이내 자신의 소개를 하였다.

"반갑습니다. 이번 조사단의 단장을 맡게 된 정재식이라 합니다."

재식은 굳이 국적이나 기존의 직위 등 추가적인 자신의 정보를 이야기하지 않았다.

굳이 이야기를 하지 않아도 이미 상대는 자신이나 조사단에 대해 다 알고 있을 것이기 때문이다.

"그럼 가시지요."

정중하게 재식의 앞을 안내하는 사이토 다로지만, 방금 전 반갑다고 한 것과는 다르게 무척이나 사무적인 태도였다.

그것만 봐도 그가 현재 어떤 기분인지 알 수 있었다.

그뿐만 아니라 다른 일본 헌터 협회 직원들의 기분이 어편지 이미 짐작할 수 있었다.

곤도 아사미의 안내를 받아 일본의 헌터 협회에 들어서면서 본 일본인들의 표정은 지금 사이토 다로가 보이는 것과 동일했기 때문이다.

시간이 흐르고 대격변으로 세계가 변했음에도 일본의 수직적인 조직 문화는 전혀 변함없는지 헌터 협회의 간부들이나 그 밑에 있는 직원들까지 비슷한 느낌을 주고 있었다.

"어서 오시오."

재식과 조사단 수뇌부가 도착하자, 미야모토 신타로는 만면에 미소를 띠운 채 그들을 맞았다.

하지만 이를 지켜보는 재식과 수뇌부는 그의 표정에서 뭔가 부자연스러움을 느꼈다.

그도 그럴 것이, 입으로는 반갑다는 듯 말하지만, 그의 눈은 전혀 그렇지 않았기 때문이다.

"환영해 주셔서 감사합니다."

'역시나……'

환영하듯 맞이해 주는 미야모토 신타로의 인사에 마주 인사하면서 재식은 그가 결코 정상적인 상태가 아님을 알 수 있었다.

직접적인 흑마법이나, 혹은 비슷한 방법에 현혹된 것은

아니지만, 그의 몸에서 암흑 마력의 잔재가 풍겨지는 것을 느낄 수 있었다.

'슈마리온, 어떤 것 같아?'

재식은 좀 더 확실한 증거를 찾기 위해 머릿속으로 물의 최상급 정령인 슈마리온을 소환해 물었다.

[네 짐작대로 이곳에 마족이 다녀간 것이 확실하군. 하지만 너무 희미해. 정확하게 어느 등급의 마족인지는 알 수가 없다.]

질문을 받은 슈마리온은 이곳 미야모토 신타로의 집무실에 남아 있는 흑마력의 잔재를 살피고는 그렇게 대답하였다.

[하지만 최소 상급 마족인 것만은 분명하다.]

재식의 옆에 둥둥 떠 있지만, 정령은 계약자가 아닌 다른 사람에게는 전혀 보이거나 느껴지지 않았다.

그것이 S등급에 이른 헌터라도 슈마리온과 같은 최상급 정령이 모습과 기척을 감춘다면 쉽게 포착할 수는 없었다.

다만, 최상급 정령이라도 공격이나 무언가 행동을 한다면, 에너지를 사용하기에 그때만큼은 존재를 감출 수 없었다.

하지만 현재 방 안에 있는 어느 누구도 슈마리온의 존재를 인식하지 못했다.

재식이 다른 이들에게 보이고 싶다 생각하지 않는 이상,

누군가 슈마리온의 모습을 보는 일은 없을 것이었다.

'최소 상급 마족이라 판단하는 근거라도 있나?'

재식은 고개를 갸웃거리며 슈마리온이 콕 집어 최소 상급 마족이라 말하는 근거를 물었다.

[마왕급에 해당하는 최상급 마족을 칸트라 차원의 중간계로 이동시키는 것만 해도 엄청난 마력이 필요하다. 그런데 아무런 기반도 없는 지구에 최상급 마족 하나를 보내는 것은 사실 비효율적인 일이다. 그리고…….]

슈마리온은 자신이 내린 판단의 근거해 설명했다.

마족의 등급과 차원 이동에 들어가는 에너지의 양, 마족이 꾸미는 음모를 이루기 위해 준비해야 하는 것, 그리고 최종적으로 차원 이동을 했을 때 마족이 가지는 페널티에 대한 이야기였다.

그제야 재식도 슈마리온이 그렇게 판단한 이유를 알게 되었다.

[그렇다고 숫자만 많이 보내면 페널티야 적게 받겠지만, 그 정도는 너희 기준 7등급 헌터로도 충분히 상대할 수 있을 것이다. 물론 중급 마족이 죽기를 각오하고 본체를 이곳에 현신한다면 좀 힘들기는 하겠지만 말이다. 그래도 S등급 등급의 헌터라면 충분히 죽일 수 있으니, 분명 대마왕번이라면 중급이 아닌 상급 이상의 마족을 보냈을 것이라 생각한다.]

마왕급인 최상급 마족을 지구로 보내게 되면 많아야 세 명 정도만 보낼 수 있는 반면, 그보다 아래인 상급 마족을 지구로 차원 이동시키는 것이라면 그 열 배 정도를 보낼 수 있다.

그러니 대마왕이 자신의 화신을 지구로 보내기 위해선 최상급 마족이 아닌, 상급 마족을 보냈을 것이란 이야기였다.

더욱이 최상급 마족인 마왕들은 지금이야 대마왕의 밑에 있지만, 한때 그들은 대마왕의 강력한 경쟁자이며 도전자들이었다.

그러니 그들을 지구로 보낼 이유가 없었다.

괜히 그들을 지구로 보냈다가 도리어 최상급 마족에게 자신의 화신이 먹힐 수도 있기 때문이다.

마계는 약육강식의 세계이고, 힘이 모든 것을 증명하는 세계다.

방심하면 언제든 순위가 역전될 수도 있다.

물론 상급과 최상급 등급은 그야말로 천지에 가까운 차이지만, 마왕이라 불리는 최상급과 대마왕이 차지하는 등급은 거의 차이가 없다시피 했다.

그저 최상급 마족 중에서 최강의 존재가 대마왕라 불리는 번인 것뿐이다.

신들이 칸트라 차원을 떠난 뒤 혼란의 시기를 맞이하던 마계에서 최고의 자리에 오른 것이 번이었다.

그렇게 마왕 중 최고의 자리에 오른 그는 자신을 마왕 중의 마왕, 대마왕이라 스스로 칭했다.

그리고 그에게 패한 마족들 또한 그의 뜻에 따라 대마왕이라 불렀다.

그처럼 강대한 무력을 지녔을 뿐만 아니라 영리하기까지한 대마왕 번이라면, 자신의 경쟁자인 마왕들을 지구로 보내지 않았을 것이란 게 슈마리온의 판단이다.

물론 예외가 있을 수는 있다.

하지만 그렇다 해도 그 변수는 그리 크지 않을 것이다.

'그렇단 말이지?'

재식은 슈마리온의 설명에 속으로 생각했다.

마왕이라 불리는 최상급 마족이 없을 수도 있다는 말에 재식은 적잖이 안심이 되었다.

챠콥이나 여러 몬스터의 유전자를 흡수하면서 재식도 칸트라 차원에 대해 많은 것을 알고 있었다.

만약 그가 앞으로 상대할 적이 최상급 마족이라면 현재 지니고 있는 능력만으로는 살짝 버거웠다.

설령 그것이 지구에서의 대결이라도 말이다.

물론 조금 더 시간이 흐른다면 충분히 상대할 수 있다고는 생각했다.

일단 자신은 돌연변이이지 않은가.

몬스터의 유전자를 시술받고 큰 부작용을 가지게 되었지만, 그 부작용은 현재에 이르러서는 엄청난 능력이 되었다.

그 어떤 몬스터의 유전자를 흡수하더라도 무리 없이 완벽하게 몸에 안착시켜 더욱 강해질 수 있었다.

그러니 최악의 상황만 아니라면, 이번 문제를 충분히 풀어 나갈 수 있으리라 믿었다.

재식이 최악이라 생각하는 상황은 상급 마족과 일본 헌터 협회가 손을 잡고 조사단을 기습하는 일이었다.

하지만 슈마리온의 이야기를 들어 보니 그럴 일은 없을 것으로 판단되었다.

마계의 지배자인 대마왕이 자신의 경쟁자가 될 수 있는 최상급 마족을 지구로 보내지 않았을 것이라는 슈마리온의 장담만으로도 충분했다.

비록 상급 마족이 헌터로 치면 S등급 헌터, 그중에서도 상위에 속하는 능력을 가지고 있다지만, 몬스터로 치면 재앙급에 살짝 걸치는 정도에 불과했다.

즉, 재식 혼자서도 상급 마족 두세 명 정도는 상대가 가능하다는 이야기였다.

물론 그 마족이 어떤 능력을 가지고 있느냐에 따라 상황이 달라지기는 하겠지만 말이다.

그래도 재식은 결코 질 것이라고는 생각하지 않았다.

"무엇 때문에 세계 헌터 협회에서 그런 황당한 말을 하는 것인지는 모르겠지만, 일본은 절대로 그런 비인도적인 짓을 벌이지 않았습니다. 제 생각에는 우릴 시기하는 어떤 나라에서 수작을 부린 게 아닌가 싶습니다."

이번 조사단의 단장인 재식이 한국인임을 잘 알면서도 미야모토 신타로는 이번 조사단 파견은 잘못된 것이고, 세계 헌터 협회에 투서를 던진 것은 질투에 눈이 먼 한국의 짓이라고 은근슬쩍 말하고 있었다.

하지만 이 이야기를 들은 조사단의 간부들은 속으로 코웃음을 쳤다.

이미 재식이 가져온 증거를 모두 보았고 그들 역시 일본을 의심하고 있었다.

그런데 지금 일본의 헌터 협회장이 일본을 시기하는 한국이 거짓말을 했다고 떠들고 있으니, 우습다는 생각밖에 들지 않았다.

더욱이 희한한 것이 일본인들은 누군가 일본이 나쁘다 혹은 잘못되었다 비판하면, 인정하고 반성하기보다는 언제나 변명하며 한국을 끌어들이기 바빴다.

당신들은 한국에 속고 있다는 등의 말도 안 되는 수작을 부리는 것이다.

그리고 지금 역시도 마찬가지였다.

일본의 지도층 중 한 명, 그것도 헌터 협회의 회장이나 되는 사람이 의혹이 불거진 것에 대한 해명을 하는 것이 아닌, 한국이 자신들을 싫어해 거짓말을 하고 있다고 떠들어 대다니.

결코 정상적으로 보이지 않았다.

마치 초등학생이 선생님 앞에서 자신의 잘못을 다른 사람에게 전가하는 것과 비슷한 모습으로 보였다.

하지만 진실을 아는 선생님, 즉 조사단원들은 그의 말을 믿을 리가 없었다.

재식이 그들과 함께하면서 보여 준 모든 것이 미야모토 신타로의 말보다 훨씬 더 신뢰성이 높았기 때문이다.

*   *   *

재식과 조사단이 일본에 도착한 그 시각, 멀리서 그것을 지켜보던 시선들이 있었다.

지구의 생활에 적응한 마족들은 TV를 통해 많은 정보를 얻었다.

그중에선 S등급 헌터에 대한 정보들도 많았는데, 사실 마족들은 자신들의 생존에 크게 위협되는 몬스터나 헌터에 관한 정보에 신경을 썼다.

그 안에서도 헌터의 정보보단 몬스터에 대한 정보를 더욱 신경 썼다.

그 이유는 일본에 자신들을 위협할 S등급 헌터가 딱 한 명 있는데, 그가 일본을 떠나 그의 나라로 돌아갔기 때문이다.

자신들을 위협할 수 있는 유일한 헌터가 사라졌으니, 신경 쓸 것은 몬스터만 남은 것이다.

같은 차원에서 왔다고 해서 몬스터와 마족이 공존할 수 있는 것은 아니다.

몬스터와 마족 모두 적자생존의 법칙을 철저히 따르는 존재들이었다.

특히나 보다 강해지는 것에 집착을 보이는 것도 비슷했다.

자신이 강해지기 위해 다른 몬스터나 마족을 사냥해 힘을 흡수한다는 것 또한 역시 동일했다.

그런 관계로 S등급 헌터가 사라진 일본에 마족들을 위협하는 것은 몬스터뿐이었다.

그런데 일본은 S등급 헌터만 없는 것이 아니라, 상급 마족인 이들을 위협할 만한 몬스터도 존재하지 않았다.

몇 년 전, 재앙급, 혹은 초월급으로 분류되는 몬스터가 존재하기는 했지만, 지금은 일본을 떠난 S등급 헌터와 그를 따르는 헌터들에 의해 제거되었다.

그러니 현재 자신들을 위협할 만한 존재는 일본 내에 없다 해도 무방했다.

그렇기에 마족들은 그동안 자신들의 힘을 키우고 대마왕

에게서 받은 임무를 수행하기 위해 일을 했다.

물론 정보를 얻는 것 역시 소홀히 하지 않았다.

비록 S등급 헌터가 떠났다 하지만, 또 다른 S등급 헌터가 일본으로 올 수도 있기 때문이다.

한데 그 설마 하던 일이 실제로 벌어졌다.

한두 명도 아니고 다수의 S등급 헌터가 말이다.

마계의 힘을 모두 되찾았다지만, 마스터급인 헌터 다수를 상대할 수는 없었다.

비록 되찾은 힘이 강력할지라도, 육체의 능력은 이전과는 비교되지 않을 정도로 떨어지기 때문이었다.

객관적으로 판단할 때, 육체 능력은 인간들이 떠드는 S등급 헌터와 비슷하거나 살짝 떨어질 것으로 판단되었다.

마족들이 그런 판단을 내린 근거는 그들이 차지한 인간들의 신체 내구력이 다른 나라에서 온 헌터들보다 떨어졌기 때문이다.

비록 상급으로 올라갈수록 내구력의 차이는 비슷해지기는 하지만, 그래도 원래 가지고 있는 차이가 없어지는 것은 아니었다.

애초 고수들의 싸움에서 승패를 가르는 것은 그런 미세한 차이였다.

그 때문에 마족들은 완벽하게 준비되지 않는 이상, 자신들을 숨기려 하였다.

하지만 뉴스를 통해 조사단을 보자 살짝 자신감이 생기는 마족들이었다.

S등급 헌터의 숫자가 많기는 하지만, 자신들이 준비한 것들로 대응이 가능할 수 있다는 생각이었다.

아무리 S등급, 마스터라 해도 숫자에는 어쩔 수 없다.

물론 그것이 마스터가 아니라 마스터 위의 그랜드 마스터라면 이야기가 달랐다.

마스터와 그것을 초월한 그랜드 마스터는 애초에 비교 자체가 불가능한 것이었다.

상급 마족이 아무리 많아도 마왕인 최상급과 싸워서는 승산이 없는 것처럼 말이다.

"겨우 저 정도라면 준비된 것을 총동원하면 충분히 해볼 만하겠는데?"

공항에 도착하는 조사단의 면면을 살펴보던 세이갈이 작게 중얼거렸다.

원래부터 투쟁심이 강한 세이갈이다 보니 마스터의 숫자가 얼마 되지 않는다 판단하고 그렇게 말을 한 것이었다.

"하지만 그렇게 되면 다른 나라에 남은 마스터들이 이곳으로 몰려올 수도 있다. 그렇게 되면……."

칼리크는 고개를 저으며 부정적인 말을 하였다.

그 역시 세이갈처럼 TV를 통해 보이는 헌터들을 모두

쓸어버리고 싶은 마음이었지만, 이 세계에는 마스터의 숫자가 적지 않았다.

만약 그들이 모두 자신들을 죽이기 위해 이곳으로 몰려온다면, 현재 그들로서는 그것을 감당할 수가 없었다.

7. 증거를 찾다

조사단의 활동이 시작되었다.

겉으로는 일본에서 벌어지는 인체 실험에 대한 조사였지만, 원래 목적은 마족에 대한 조사였다.

가장 먼저 조사한 곳은 재식이 일본에 잠입하여 찾아낸 가나가와 현에 있는 이시이 제약의 연구소였다.

하지만 시간이 지체되는 동안 연구소 안에 있던 시설들을 모두 어디론가 빼돌린 듯 그곳에는 아무것도 없이 텅텅 비어 있었다.

아마도 일본이 세계 헌터 협회에서 공문을 보냈을 때, 변명하며 시간을 끌던 이유가 여기에 있는 듯했다.

나름 좋은 방법이지만, 일본이 하나 간과한 것이 있었다.

그것은 바로 마족이 장기간 한곳에 있다 보면 그 흔적이 남는다는 것이다.

다만, 너무나도 강력한 마족의 기운 때문에 정확하게 그 행방은 알아내지는 못했다.

그런데 이시이 제약 연구소에서 찾아낸 것은 마족의 흔적만이 아니었다.

이시이 제약에서 다크 나이트를 제작한 것이 두 명의 마족임을 알 수 있었는데, 뜻밖에도 그들의 정체가 일본의 S등급 헌터인 것이었다.

혼다 다이스케와 이케다 에미.

특히나 이케다 에미의 쌍둥이로 동생 또한 S등급의 헌터로 두 자매는 일본 내에서 먼저 S등급이 된 유키 히데오 이상의 유명세를 떨치고 있는 사람이다.

일본에 나타난 네 명의 S등급 헌터 중 두 명이 마족으로 밝혀진 것이다.

더욱이 쌍둥이 S등급 헌터로 아이돌 이상으로 인기가 높은 이케다 에미가 마족인 것을 보면 그 쌍둥이 동생도 마족일 확률이 높았다.

아니 거의 확실하지 않을까 생각하는 재식이었다.

그렇게 세 명의 마족으로 확실시되는 자들을 찾아낸 재식은 조사단원들을 시켜 이시이 제약의 연구소 이후 일본 내의 제약사들과 산하 연구소 등을 조사하였다.

그러면서도 재식은 따로 일본의 헌터 협회를 감시했다.

그 이유는 일본의 헌터 협회장인 미야모토 신타로와 면담하기 위해 그의 집무실을 찾았을 때, 그의 집무실에서 마족의 흔적을 발견했기 때문이다.

한 나라의 헌터들을 관리하는 헌터 협회의 간부도 아니고, 무려 협회장이 마족과 밀접한 연관이 있다는 것이었다.

어쩌면 상황은 이미 최악으로 치닫고 있을 수도 있었다.

더욱이 일본은 오래전부터 한국과는 관계가 좋지 못했다.

겉으로는 동맹처럼 굴지만, 그것은 한반도에 북한이라는 공산 국가가 자리를 잡고 있던 대격변 이전의 일이다.

물론 그때도 일본은 군사적 동맹이라 했지만, 내면을 들여다보면 일본의 정치인들은 그렇게 생각하지 않는 것이 분명했다.

그도 그럴 것이, 매번 무슨 문제만 생기면 한국을 헐뜯기 바빴기 때문이다.

뿐만 아니라 자국의 국민들에게는 역사를 왜곡하고, 거짓된 날조로 한국에 대한 공격성을 부추겼다.

그 때문에 일부 일본인들은 정부의 그런 세뇌에 속아 한국을 거짓말을 하는 나라, 혹은 언젠가는 자신들이 다시 정복해야 하는 나라라 생각하고 지금까지 그러한 생각들을 버리지 않고 있었다.

그런데 알고 보면 이런 일본인들의 생각은 짧은 기간에

생겨난 편견이 아니었다.

이는 아주 오래전부터 가지고 있던 사상이었다.

섬나라인 일본이 넓은 세상, 즉 대륙으로 진출하기 위해선 꼭 거쳐야 하는 한국.

심지어 한국은 과거에 대륙을 통해 선진 문물을 먼저 접하고 있었다.

또 매년 자연재해를 당하면서 위기의식을 가진 일본인들은 자신들이 살기 위해 무조건 안전한 땅을 획득해야 한다는 생각을 갖고 있었는데, 그런 것들이 열등감으로 이어지기도 했다.

그런 일본의 지도층 중 한 명인 헌터 협회장이 인류를 위협하는 마족과 깊은 연관이 있는 것을 생각하면, 무척이나 심각한 문제가 아닐 수 없었다.

그나마 다행인 점은 정부 인사 중에는 마족에 넘어간 사람은 없는 듯하다는 것이다.

물론 그렇다고 해서 일본의 정부 관료들이 한국에 대해 좋은 생각을 가진 것은 아니기에 마냥 좋다고만은 할 수 없는 일이었다.

그저 마족에 넘어간 것으로 보이는 미야모토 신타로 회장보다는 낫다는 정도의 차이뿐이다.

*   *   *

일본의 헌터 협회장인 미야모토 신타로는 긴장된 표정으로 유키 히데오, 아니, 마족 칼리크를 쳐다보며 물었다.

"히데오 상, 어떻게 저들이 가미노센시들이 있던 곳을 알게 된 것이오?"

조사단이 마치 무언가 아는 것처럼 다크 나이트들을 만들던 이시이 제약의 연구소를 조사한 것에 걱정되어 물었다.

행여 무언가라도 발견된다면, 협회장인 그가 가장 먼저 책임을 물어야 하기 때문이다.

그도 그럴 것이, 다른 때와 다르게 자신의 인기를 위해 미야모토 신타로는 TV에 출현하여 직접적으로 프로젝트에 헌터들이 자원하도록 연설했다.

그로 인해 일본의 수많은 헌터들이 지원하였고, 그중 가장 뛰어난 헌터들만 뽑아 300기의 다크 나이트를 만들어 신의 전사라는 이름을 붙였다.

그런데 세계 헌터 협회에서 어떻게 알았는지, 일본에 조사단을 파견한 것이다.

그러고는 가미노센시라 명명된 이들을 만나기를 요구했다.

갑자기 5등급의 헌터가 7등급 헌터가 되었으니, 당연히 의심할 수밖에 없는 일이었다.

그렇지만 일본과 미야모토 신타로 헌터 협회장의 입장에서는 그들을 조사단에게 보일 수가 없었다.

이지를 상실해 수동적으로 변한 헌터들을 어떤 말로 설명할 것인가.

헌터 강화 프로젝트의 부작용이라고 말을 한다면, 바로 세계 헌터 협회에 의해 세계 사법 재판소에 회부될 것이 빤했다.

분명 헌터들은 원래 가지고 있던 능력보다 월등한 능력을 가지게 되어 프로젝트가 성공적인 것으로 보일 수는 있었다.

하지만 인간이 도구가 아닌 인간으로서 갖춰야 할 판단력을 상실했다는 것은 정상적인 인간이라 부를 수 없다.

즉, 일본의 헌터 협회장이 인간을 인간으로서 갖춰야 할 기본적인 것조차 상실하는, 실패한 기술을 자국의 헌터들에게 직접 사용한 것이다.

또한 그걸 위해 협회장이 직접 TV에서 연설하여 모집까지 하였다.

이는 빼도 박도 못하는 외통수였다.

그러니 그로서는 최대한 가미노센시들을 조사단과 일절 접촉하지 않게끔 애써야만 했고, 그 방법이 바로 몬스터 토벌이었다.

조사단에게 그들이 모두 몬스터 사냥에 나가 만날 수 없다고 하는 수밖에 없었다.

괜히 다른 은밀한 장소에 숨겼다가 만의 하나 조사단원에게 걸리기라도 한다면, 그 뒤는 보지 않아도 빤했다.

그렇게 가미노센시를 몬스터 헌팅이라는 명목으로 몬스터 필드에 들여보내고, 또 이시이 제약 연구소에 있던 물건들은 모두 모처로 옮겼다.

그것도 한장소에 같이 숨겨 둔다면, 발견되었을 때 문제의 소지가 있어 전국에 흩어서 숨겼다.

나중에 조사단들이 모두 떠나고 다시 가미노센시를 제작할 때, 조금 번거로움이 발생하겠지만 그건 그때의 문제였다.

이렇게 모든 조치를 취했음에도 불구하고, 조사단이 바로 이시이 제약 연구소를 급습하듯 콕 집어 조사한 것에 불안감을 느낀 미야모토 신타로는 처음 자신에게 가미노센시를 만들자고 제안한 칼리크를 불러 대책을 듣고 싶었다.

"저희 쪽에선 절대로 정보가 나가지 않았습니다. 혹시……."

칼리크는 자신들에게서는 절대로 조사단에게 어떤 정보도 흘리지 않았다고 강변했다.

그러면서 미야모토 신타로의 두 눈을 똑바로 직시하고 되물었다.

그런 칼리크의 당당한 물음에 미야모토 신타로는 그를 의심하던 것에서 벗어나 협회의 간부들을 의심하기 시작했다.

"그럼 도대체 누가 스파이 짓을 한 거지?"

그런데 막상 자신의 밑에 있는 간부들을 의심하기 시작하자, 의외로 많은 이들의 이름이 떠올랐다.

자신의 측근이자 동반자라 할 수 있는 사이토 다로 부회장도 떠오르고, 언제나 첨예하게 대립하던 고노야마 신스케의 얼굴도 떠오른 것이다.

그 뒤로도 연이어 일본의 헌터 협회 간부, 가미노센시와 연관되어 헌터 강화 프로젝트를 아는 수많은 사람들의 얼굴과 이름이 생각났다.

그는 문득 생각해 보니 이런 중요한 프로젝트를 아는 사람이 너무나도 많다고 느꼈다.

이곳 헌터 협회 내부에서만도 무려 열 명 정도의 간부들이 알고 있었다.

뿐만 아니라 정부 인사와 프로젝트에 장소를 제공한 기업인들까지 생각하면 짐작하는 것만으로도 무려 100명 이상의 사람이 아는 것이나 다름없었다.

그러니 어디서 비밀이 새어 나간다고 해도 이상할 것이 없는 문제였다.

하지만 이해할 수 있는 것과는 별개로, 그것이 자신의 존립과 연관된다면 단순히 넘어갈 수는 없는 일이었다.

"내 이것들을!"

자신의 밑에 있는 부하에게서 비밀이 외부로 흘러갔을지도 모른다는 망상에 빠진 미야모토 신타로는 두 눈에 핏발이 서며 분노했다.

그렇게 뒤늦게 혼자 흥분한 미야모토 신타로의 모습을 지켜보는 칼리크의 두 눈은 더욱 깊어졌다.

'쓸 만했는데… 오래 써먹지는 못할 것 같군.'

의외로 쓸 만한 장기말이라 생각했지만, 지금 미야모토 신타로가 보여 주는 모습은 칼리크에게 있어 무척이나 실망스러운 것이었다.

그가 마족과 너무나도 궁합이 잘 맞는 덕분에 일이 순조롭게 풀려 대마왕 번이 내린 명령을 빠른 시일에 마칠 수 있겠다 생각한 것도 사실이다.

하지만 지금 보니 이 인간은 오크만도 못했다.

오크들은 미련하고 욕심만 많으며 저급하지만, 그래도 한 가지 장점이라고 할 만한 것이 있었다.

바로 필요하다면 단결해 저돌적이게 밀고 나가는 과감성.

그런데 지금 눈앞의 인간은 미련하고 욕심 많고 저급한 것만 오크와 비슷하고, 장점을 찾아보기 힘들었다.

머리는 어느 정도 좀 돌아가는 것 같지만, 큰 의미는 없었다.

그도 그럴 것이, 그는 인간이 가질 수 있는 최악의 성향을 가졌기 때문이다.

바로 자신의 안위에 대해 너무나도 집착하는 성향이다.

다른 사람의 희생은 당연시하면서도 자신의 안위만큼은 소중하게 여기는 것이다.

지금도 그렇다.

아직 원인이 밝혀지지 않은 상태에서도 자신을 뺀 모든 사람을 의심하고 있었다.

전에는 이런 점이 장점이 되어 이용하기 편했지만, 지금에 와서 생각하니 그와 접선한 것이 실수라고 여겨졌다.

차라리 적당한 욕심을 가졌고 좀 덜 비열한 자를 골랐다면, 이렇게까지 당황스럽지는 않았을 것 같았다.

섣불리 행동해 일을 그르칠 것만 같아 불안한 칼리크였다.

"차라리 조사단이 흩어져 있는 지금, 그들을 처리하는 것은 어떻겠나?"

'허어……'

칼리크는 지금 자신이 무슨 말을 들었나 싶을 정도로 넋이 나갔다.

너무나도 느닷없는 말이기도 했지만, 무엇보다 그가 한 말은 며칠 전 마족끼리의 회의 중에 나온 이야기와 같은 내용이었기 때문이다.

단순무식한 마족으로 유명한 세이갈이 한 말이기에 칼리크는 이를 똑똑히 기억하고 있었다.

세계 헌터 협회에서 파견된 조사단의 숫자를 보면, 분명 자신들이 전력 면에서 앞서 있는 것만은 분명했다.

그렇지만 생존에 대해서는 장담할 수가 없었다.

마스터에 미치지 못하는 전력만을 따지면 자신들이 100명 이상 더 많지만, 마스터의 숫자에서는 자신들이 두 명이나 적었다.

물론 이곳 차원의 S등급이 자신들이 생각하는 마스터와 그 강함이 차이가 있기는 하지만 대동소이했다.

그러니 아무리 자신들의 기준에서 조금 떨어진다 해도 두 명이라는 변수는 결코 작지 않다.

더욱이 자신들 중 벰브로스와 탈라크의 경우, 대규모 전투에서는 큰 전력이 되지만, 소규모 싸움이 된다면 양상은 달라진다.

상급 마족이니 지구의 마스터와 비교하면 중급과 비슷한 정도였다.

안타까운 사실이지만, 만약 지구의 마스터 두 명이 자신에게 붙는다면 승리를 장담하기가 어려웠다.

카크로크 정도나 되어야 가능한 일이었다.

그런데 지금 일본에 파견 온 조사단 중에는 그런 카크로크보다 강할지도 모르는 존재가 있었다.

드레이크도 아닌, 초월급 몬스터인 드래곤을 혼자서 막아낸 존재.

처음 이야기를 들었을 때는 전혀 믿기지 않았다.

드래곤은 아무리 상급 마족이라고 한들 혼자서 상대할 수 없는 강력한 존재였다.

갓 성체가 된 놈이라면 어찌어찌 상대할 수도 있다.

하지만 전해 들은 이야기 속의 드래곤은 절대로 갓 성체가 된 놈의 크기가 아니었다.

못해도 자신들이 마계에서 생존한 세월, 그 이상의 시간을 살아온 드래곤이 분명했다.

드래곤은 최대 만 년을 살아간다고 한다.

그리고 천 년에 한 번씩 탈피하면서 성장하곤 했다.

그렇게 탈피하고 나면 크기가 더욱 거대해지는 것은 물론이고, 힘과 마력, 그리고 지혜 또한 더욱 성장하여 궁극에 이르게 된다.

최상급 마족인 마왕과 비교했을 때도 전혀 뒤쳐지지 않을 정도의 능력을 가지게 되는 것이었다.

그렇기에 마왕이라 불리는 최상급 마족도 드래곤들이 지배하는 중간계에 함부로 간섭하지 않는 것이다.

뿐만 아니라 차원을 넘어 중간계로 들어가게 되면 법칙에 의해 힘을 제약받다 보니 5,000년 이상을 산 에이션트 드래곤이 아니더라도 고작 3,000년 정도만 산 드래곤 정도면 최상급 마족을 상대할 수 있었다.

그런 이유 때문에 마족들은 중간계에서 어떻게든 힘의 손실을 줄이기 위해 중간계의 존재와 계약을 맺곤 했다.

화신, 즉 아바타로 중간계로 넘어가 분탕질을 하는 것이다.

그렇지만 아바타로 할 수 있는 일은 그리 많지 않았다.

본체의 힘과 아바타가 수용할 수 있는 힘의 크기가 다르기 때문이다.

그런 단점을 안고도 지구에서 적어도 3,000년은 살아온 것으로 보이는 대지 드래곤과 일대일로 싸워 후퇴시켰다는 것은 결코 평범한 일이 아니었다.

만약 사실이라면, 어쩌면 지구에 안착한 마족들 전부가 덤벼야 할 정도로 강한 존재일 수도 있었다.

그런 생각을 하니 칼리크는 순간 오한이 들었다.

아무리 다른 생명체의 목숨을 하찮게 생각하는 마족이지만, 마족 역시 엄연한 생명체였다.

남의 것은 하찮아도 자신의 것은 무엇보다 소중한 법이었다.

상위 마족이 생명을 거두려 할 때는 힘의 격차가 있어 어쩔 수 없지만, 그게 아닌 이상 자신의 생명을 간수하는 것은 당연했다.

생명을 오랜 기간 유지하고 다른 희생자들을 이용해 힘을 기르는 것, 그것이 마족이 살아가는 목적인 것이다.

그런데 다른 곳도 아니고, 차원을 넘어온 지구에서 상급 마족을 넘어 최상급으로 각성할 수 있는 길이 열렸다.

만약 마계였다면 그 한계를 넘기 위해 많은 시간과 목숨을 거는 도전이 필요했지만, 이곳에서는 아니었다.

인간의 몸을 차지하면서 그런 한계가 무의미해진 것이다.

비록 수명은 줄어들었지만, 최상급으로 가는 가능성이 열린 지금 칼리크를 비롯한 다른 마족들의 가장 큰 관심사는 대마왕의 명령이 아니었다.

대마왕의 명령을 따르는 것처럼 포장했지만, 마족들의 최대 관심사는 최상급 마족이 되어 더 이상 누군가의 눈치를 보지 않고 마음대로 활보하는 것이다.

최상급이 되면 두려울 것이 없었다.

그것이 설령 드래곤이든, S등급 헌터든 말이다.

그리고 지구의 인간들이 말하는 핵미사일 역시 마찬가지다.

그는 최고의 마법인 9클래스 마법처럼 광범위한 피해를 입히는 무기가 있음을 알고 있다.

하지만 최상급 마족이 되면 그런 것 따위는 자신에게 무의미했다.

몇 천 키로미터라도 순식간에 이동할 수 있는 게 최상급 마족이었다.

칼리크는 속으로 한숨을 내쉬었다.

아무리 최상급 마족이 되는 게 코앞이지만, 현재 닥친 위기를 극복하지 못하면 아무런 의미 없는 꿈이었다.

하물며 조사단에 마왕급으로 추정되는 인간이 있을 수도 있었다.

그러니 함부로 그들을 도발하기보다는 최대한 자신들을 숨기기로 결정한 칼리크였다.

"굳이 무리해서 도발할 필요가 있겠습니까?"

"하지만……."

"비록 저희의 전력이 저들보다 높다고는 하지만, 저들에게는 무려 일곱 명의 S등급 헌터가 있습니다."

"음……."

조사단의 일곱 S등급 헌터를 떠올린 미야모토 신타로는

숨이 넘어가는 듯한 신음성을 터뜨렸다.

조사단의 행보가 너무 급진적이라 마치 자신을 추적해 오는 듯하여 불안함에 잠깐 잊고 있던 게 생각난 것이다.

세계 헌터 협회에서 파견한 조사단장을 비롯한 각 조사단 간부들은 각국에서 엄선한 S등급 헌터였다.

하나같이 면면이 뛰어난 인재들이었다.

특히 한국에서는 무려 세 명의 헌터가 파견되었다.

세계 최강의 헌터라 불리는 조사단장 재식과 그와 같은 길드에 있는 최수형과 김태형이 바로 그들이다.

하지만 미야모토 신타로는 알지 못했다.

알지 못하는 S등급 헌터가 한 명 더 있다는 사실을 말이다.

그는 바로 재식과 가장 먼저 언체인 길드를 구성하는 데 힘을 쏟은 김재환이었다.

하지만 미야모토 신타로가 알지 못하는 것도 어찌 보면 당연했다.

재식과 언체인 길드의 간부 몇몇을 제외하고는 아무도 알지 못하는 비밀이었기 때문이다.

언젠가는 알려지겠지만, 전력을 숨기는 편이 나중에 무슨 일이 터졌을 때 큰 도움이 될 것이란 재식의 판단이었다.

이처럼 숨겨진 S등급 헌터가 하나 더 있지만, 그를 제외하더라도 조사단의 일곱 S등급 헌터가 있고, 그중 한 명인 조사단장이 최강자로 불리는 고수인 것을 생각하면, 이들을 습격하는 것은 보통 무리가 아니라는 것을 충분히 알 수 있었다.

특히나 칼리크에게는 더욱 민감한 문제가 아닐 수 없었다.

"가미노센시들의 양산이 3차까지 무사히 끝난다면, 그때는 굳이 다른 나라나 세계 헌터 협회의 눈치를 볼 필요가 없어질 겁니다. 그러니 그때까지는 자중해야 하지 않겠습니까?"

칼리크는 은근한 목소리로 미야모토 신타로를 타이르듯 그렇게 물었다.

"알겠네. 내 잠시 흥분을 한 것 같군."

*   *   *

일본의 헌터를 대상으로 불법적인 인체 실험을 하는 것을 조사하기 위해 파견된 조사단은 일본에 출현한 S등급 헌터 중 두 명 이상이 인류를 말살하기 위해 이계에서 온 존재와 접촉했거나 연관이 있음을 밝혀냈다.

이에 조사단장인 재식은 조심스럽게 일본의 S등급 헌터에 대한 감시를 지시했다.

그리고 얼마 전, 일본에서 납치된 경험을 생각해 일본인 실종 사건에 대한 조사도 함께 진행하기로 결정했다.

재식이 이런 결정을 내린 것은 충분한 이유가 있었다.

처음 일본에 잠입하였을 때는 그 목적이 마계에서 온 존재들을 찾기 위해서였다.

때문에 성신 길드장인 백강현이 알려 준 정보대로 실종자 수색을 했다.

하지만 이번에는 세계 헌터 협회의 권고로 조사단장으로서 온 것이기에 마계의 존재를 찾기보단 우선적으로 표면상 명분인 헌터를 대상으로 한 불법 인체 실험의 정황을 찾는 것이 우선이었다.

그렇기에 우선적으로 그것을 조사하던 도중, 마계의 존재가 이번 인체 실험에 깊게 관여했다는 것을 알게 되었다.

사실 재식은 한편으로는 혹시 흑마법사가 차원 이동해 온 것은 아닌가 하는 의심도 있었다.

최상급 물의 정령인 슈마리온에게 들은 경고대로라면, 마계에서 온 존재들은 보다 강력한 무언가를 만들어 내거나, 혹은 몬스터들을 길들여 병력을 강화시킬 거라 생각했다.

그래서 이시이 제약 연구소에서 다크 나이트의 제작하는 장면을 목격했을 때도 이 일에 흑마법사가 연관되어 있다고 판단했다.

다만, 슈마리온이 마계의 존재가 있을 것이라 말했기에 그들을 찾는 것이었다.

더군다나 마족과 흑마법사는 아예 연관이 없지는 않았다.

마족의 앞잡이, 혹은 수하들이 바로 흑마법사이니, 재식이 그렇게 생각하는 것도 무리는 아니었다.

그런데 일본의 헌터 협회장인 미야모토 신타로의 집무실에서 느낀 기운과 이시이 제약 연구소의 흔적에서 느껴지는 기운이 대동소이한 것이다.

흔적에서 느껴지는 힘의 크기가 비슷한데, 느낌은 조금씩 달랐다.

이내 재식은 이시이 제약 연구소에 드나들며 다크 나이트를 만든 존재와 미야모토 신타로 회장의 집무실에 드나들던 존재는 각각 다른 존재라는 것을 깨달았다.

또한 연구소에서 다크 나이트를 제작한 존재도 하나가 아닌 둘이라는 것 역시 밝혀냈다.

이로 미루어 보면 최소 세 명의 마족이 일본에 잠입한 것이 분명했다.

하지만 활동하는 영역이 달랐다.

일본의 헌터 협회 내부에는 하나의 기운만이 진하게 느껴질 뿐, 이시이 제약 연구소에서 느껴지던 기운들의 흔적은 없었기 때문이다.

그러니 조사단도 제약사들만 조사할 것이 아니라, 이번에 밝혀진 일본의 S등급 헌터들의 동향과 실종자들의 수색으로 나눠야 할 필요성이 제기되었다.

때문에 재식은 조사단을 셋으로 나눠 운용하기로 하였다.

흥켈과 독일에서 온 헌터들은 원래 조사단이 하던 일인

일본 내 제약사들과 산하 연구소들을 집중 조사하는 임무를 받았다.

헨리 왕자와 영국의 로열 가드에서 파견된 인원은 일본의 S등급 헌터 네 명을 감시하는 임무를 받았다.

원래부터 요인 경호가 주요 임무이던 로열 가드이기에 헌터로서의 능력도 뛰어나지만 은밀하게 움직여 암살자들을 제압하는 훈련도 받아왔다.

그러니 경호하는 것과는 반대로 누군가를 은밀하게 감시하는 것도 잘하기에 이런 임무를 준 것이었다.

그리고 마지막으로 미국에서 파견된 휴고 베르트랑에게는 그와 함께 온 헌터들을 붙여 주며 일본의 실종자들에 대한 조사를 맡겼다.

이는 휴고가 헌터가 되기 전, 경찰로 근무한 이력을 재식이 알기에 그런 임무를 내린 것이었다.

뿐만 아니라 이상하게 미국에서 파견을 온 헌터들 속에는 경찰이나 탐정 등 무언가를 찾거나 쫓는 것이 특기인 이들이 많았다.

그래서 미국에서 온 헌터들 위주로 그런 임무를 준 것이다.

그리고 재식과 함께 온 한국의 헌터들은 만약의 사태를 대비해 대기하기로 했다.

언제 어느 팀에서 지원 요청이 들어올지 모르기에 가장

전력이 강한 재식과 한국의 헌터들이 대기하기로 한 것이다.

이렇게 조사단을 세 개의 조사팀과 한 개의 예비대로 분리하고 운용하기 시작한 재식이었다.

＊　　　＊　　　＊

조사단이 일본에 들어온 지도 벌써 한 달이라는 시간이 흘렀다.

한 달이라는 기간 동안 조사단은 많은 곳을 조사하면서 일본에서 헌터를 대상으로 인체 실험을 하고 있는 정황을 밝혀냈다.

하지만 일본의 헌터 협회를 비롯한 일본 정부는 증거가 나왔음에도 이를 극구 부인했다.

심지어 만약 그렇다 하더라도 자신들만 그런 것이 아니라 다른 나라들도 하지 않았냐고 반발했다.

그것도 모자라 명확한 흔적이 발견되었음에도 여전히 부정하며 다른 나라들을 물고 늘어졌다.

과거 각국에서 맹수의 유전자뿐만 아니라, 보다 강력한 유전자 정보가 필요해 감행한 불법 실험들을 언급했다.

하지만 그런 실험은 오래전 세계 헌터 협회에서 불법으로 규정했다.

유전자 시술용 캡슐을 더 이상 연구하지 못하게끔 금지시킨 것이다.

이후 특정 국가가 대가를 감수하고 불법을 감행한 이력이 없으면서도, 머나먼 과거의 일을 들먹이는 모습이 썩 보기 좋지만은 않았다.

"흉켈, 이번에 적발된 미쓰이 제약은 어떻게 하기로 했어?"

일본 내 제약사에 대한 조사를 맡은 흉켈을 돌아보며 재식이 물었다.

"빤하지 뭐. 중고 물품을 구입한 죄밖에 없다고 하더라고."

재식의 질문에 흉켈은 어처구니없다는 표정을 지어 보였다.

미쓰이 제약은 일본 내에서도 한 손에 꼽힐 정도로 거대한 제약 회사였다.

그런데 그런 미쓰이 제약이 다른 제약사에서 사용하던 장비를 재구매했다는 말은 그다지 신빙성이 없었다.

오히려 그런 핑계를 댈 줄은 상상하지 못해 어처구니가 없을 정도였다.

물론 회사가 어려우면 중고 기기를 구입할 수도 있다.

하지만 그건 어디까지나 작은 중소기업에서나 있을 수 있는 일이지, 재계 순위에 들어가는 거대 그룹의 산하 제약사, 그것도 그 분야에서는 한 손에 꼽을 정도로 거대한 제약사가 그랬다는 것은 말이 되지 않았다.

그렇지만 미쓰이 제약이 그런 변명을 하는 것을 흉켈로서는 어떻게 할 수 없었다.

조사단은 말 그대로 조사단이기 때문이다.

조사단의 팀장인 흉켈이 할 수 있는 최선은 그들이 변명할 수 없는 확실한 증거를 찾아 단장인 재식에게 보고를 하는 것이다.

이를 근거로 재식이 국제 사법 재판소에 재소하는 방법밖에 없었다.

"하아… 그럼 이것으로 일본의 10대 제약사 모두가 연관되었다는 거군."

재식이 작게 중얼거렸다.

한 달이라는 시간 동안 흉켈 슈미츠는 그의 수하들과 함께 일본 내 제약사들을 전부 조사하였다.

그 과정에서 다크 나이트 제작에 사용된 것으로 보이던 캡슐과 기기들을 다수 발견할 수 있었다.

이시이 제약 산하 연구소에서 사용된 300기의 캡슐과 기기들은 대략 열 기씩 일본 전역에 퍼져 있었다.

이는 마족 칼리크와 일본의 헌터 협회장인 미야모토 신타로가 오랜 시간 논의한 끝에 나온 방법이었다.

캡슐을 한곳에 모아 두면 2차 다크 나이트 제작에 들어갈 때는 편하겠지만, 만약 들키게 되었을 때는 변명의 여지가 없다는 것이다.

그렇게 되면 2차는 물론, 3차 다크 나이트 양산 계획에까지 큰 차질을 빚을 수 있었다.

그래서 생각해 낸 것이 바로 전국에 분산시키는 것이다.

그렇게 적은 숫자의 원형 캡슐을 분산하게 되면, 만약 그것들을 조사단에 들키더라도 변명할 수 있었다.

과거, 전 세계가 광란에 빠져 있을 때 사용하던 것이라 변명하면 되는 것이었다.

압수당하더라도 소량의 양산 숫자만 빼앗길 뿐, 남은 캡슐로 다크 나이트를 생산하면 될 일이었다.

하지만 칼리크나 미야모토 신타로는 재식과 조사단의 능력을 너무 얕잡아 본 것이 분명했다.

이번 세계 헌터 협회에서 파견한 조사단의 면면을 보면, 그 한 명, 한 명이 어느 단체의 우두머리가 되고도 남을 만큼의 능력자들이 많았다.

뿐만 아니라 경험 역시 출중했고, 각국에서 선발될 정도로 명성이 자자한 인재들이었다.

그렇기에 재식은 이들을 팀 단위로 나눠 임무를 맡긴 것이다.

더욱이 이들의 뒤에는 독일과 영국, 그리고 미국이 있었다.

세계 최강의 헌터인 재식에게 잘 보이기 위해 혹시 모를 재앙급 몬스터의 출현에도 아랑곳 하지 않고, S등급 헌터를 조사단에 합류시켰다.

그러니 재식이 부탁이라 말하며 협조를 요청했을 때,

3개국의 정부는 속으로 환호하며 그와 인연이 깊은 주요 인물들과 전력들을 파견하였다.

그러니 일본 제약 회사들의 뒤를 추적하는 것쯤은 일도 아닌 것이 당연했다.

이는 비단 흉켈이 맡은 일만 그런 것이 아니었다.

헨리 왕자가 맡은 일본의 S등급 헌터들의 동향 감시도 마찬가지였다.

한 달 동안 헨리 왕자는 그의 부하들인 로열 가드들과 함께 은밀하게 조사하고 감시했다.

그 과정에서 일본에는 대외적으로 알려지지 않은 또 한 명의 S등급 헌터가 존재한다는 것을 알게 되었다.

그리고 일본의 헌터 협회에서도 알지 못할 정도로 너무나도 은밀하게 감춰져 있어 처음에는 전혀 눈치채지 못했다.

그러다 네 명의 S등급 헌터들이 일정한 시각에 특정 장소에서 모임을 가진다는 것을 알게 되었다.

그리고 그곳은 너무나도 뜻밖의 장소였다.

바로 대장간.

유키 히데오와 이케다 아야세, 두 사람만이라면 전혀 이상할 것이 없지만, 다른 두 명의 S등급 헌터인 혼다 다이스케와 이케다 에미까지 모두 함께 대장간에서 만나는 것은 너무나도 이상했다.

심지어 혼다 다이스케와 이케다 에미는 앞선 두 사람처럼 육체 진화형 헌터가 아니었다.

오히려 그 두 사람과 정반대의 특수 능력 각성자인 것이다.

굳이 이유를 만들어 이케다 아야세와 자매인 이케다 에미는 그렇다 칠 수 있었다.

하지만 혼다 다이스케만큼은 굳이 대장간을 갈 이유가 없는 것이다.

다른 세 명의 S등급 헌터가 설령 대장간에서 만나기로 했어도 말이다.

그럼에도 불구하고, 네 사람은 언제나 함께 마사오라는 헌터이며 대장장이가 운영하는 대장간을 찾았다.

이는 조사단으로서 당연히 의심을 할 수밖에 없었다.

아나나 다를까, 고작 5등급 헌터로 알려진 마사오에게서 느껴지는 기세는 결코 다른 S등급 헌터에게 꿀리지 않았다.

오히려 다른 네 명의 S등급 헌터들보다도 강한 기세를 내보이고 있었다.

이러한 헨리 왕자의 보고를 받은 재식은 사실을 확인하기 위해 그곳을 찾았다.

하지만 눈치챈 것인지, 그때는 이미 대장간을 폐쇄한 뒤였다.

그 뒤로도 헨리 왕자와 일행은 일본의 S등급 헌터들을 미행했지만, 이미 미행당하는 것을 깨달았는지 더 이상 자신을 노출시키지 않았다.

때문에 어둠 속에 감춰진 또 다른 마족의 흔적은 더 이상 찾을 수가 없었다.

다만, 안심이 되는 점은 일본에 잠입한 마계의 존재가 다섯 명이란 것을 확인하였다는 것이다.

그에 맞게 대응책을 세우면 되기에 마음이 한결 편해진 재식이었다.

만약 머릿수가 더 있다면, 굳이 미행이 들켰다고 흔적을 숨기지는 않았을 것이다.

오히려 추적해 오는 조사단들을 유인하여 일망타진하는 것이 더욱 현명한 판단이었다.

마족이 아닌, 인간인 자신이라도 그렇게 했을 것이라 생각한 재식이었다.

그는 일본에 나타난 네 명의 S등급 헌터와 그들이 만나던 대장장이까지 총 다섯 명의 마족이 일본에 있다고 판단하였다.

그렇게 보고를 받던 중, 재식은 미국의 대표로 온 휴고 베르트랑을 통해 뜻밖의 사실을 알게 되었다.

일본인들의 실종 사태를 조사하던 휴고가 사람들을 납치해 공급하는 전문적인 조직이 있음을 보고한 것이었다.

심지어 그런 조직이 일본 전국에 걸쳐 그물망처럼 엮여 있다는 것을 알아냈다.

이 조직은 일본의 상류층에게 비호를 받으며 활동하기에

그동안 수만 명의 실종자가 발생했음에도 경찰이나 검찰에서 조치를 취하지 못한 것이었다.

그리고 납치된 이들은 어디론가 보내졌는데, 일부는 재식이 발견한 이시이 제약 연구소로, 남은 인원은 구 도쿄 공항으로 보내졌다.

납치된 이들이 보내진 구 도쿄 공항은 마족으로 의심이 되는 일본의 S등급 헌터들이 만나던 대장간과도 그리 떨어지지 않은 곳에 있었다.

그것만 보아도 마사오는 마계에서 넘어온 존재가 분명했다.

거기에 더해 재식은 문득 일본에 갑자기 등장한 마병이라는 것이 어쩌면 이 마사오라는 자가 만들어 시중에 퍼뜨린 게 아닌가 하는 생각이 들었다.

사실 마족의 흔적 찾기나 다크 나이트의 존재 파악, 제작 시설을 찾는 것 등, 재식이 우선적으로 신경 써야 할 우선순위만 없다면, 마병도 전부 찾아 회수해야 할 물건이었다.

마병은 아티팩트의 일종으로 보는 사람들이 있지만, 재식의 판단에 그것은 결코 아티팩트로 취급해선 안 되는 물건이었다.

사용자의 영혼을 마기로 오염시키는 저주가 담긴 마병은 칸트라 차원에서도 참으로 골치 아픈 물건이었다.

저주를 해주할 방법이 널린 칸트라 차원에서도 조심하는

물건이다.

하나만 세상에 나타나도 신전에서는 이단 심문관과 팔라딘, 그리고 크루세이더까지 출동하여 회수했다.

저주를 푸는 것이 어려울 경우, 봉인해 사람의 손이 절대 닿을 수 없는 비밀스러운 공간에 숨겼다.

그럼에도 불구하고, 하나씩 사람의 손에 들어가 중간계를 혼란에 빠뜨리곤 했다.

사실상 칸트라 차원에서 인간들이 멸종하게 된 원인도 마병 때문이라 해도 과언이 아니었다.

그런 마병이 마치 공장에서 반복 생산해 낸 것마냥 많은 수가 일본에서 돌아다니고 있었다.

그리고 그 수만큼 많은 사건들을 일으켰다.

그럼에도 일본의 헌터 협회에서는 마병들을 폐기하지 않았다.

오히려 뛰어난 성능을 보고 성장 가능성이 보이는 헌터에게 넘겨주었다.

"모든 일의 배후에 일본 헌터 협회가 있는 것 같은데, 이대로 괜찮겠습니까?"

휴고 베르트랑이 재식에게 조심스럽게 물었다.

헌터를 대상으로 한 인체 실험을 조사하기 위해 일본에 들어온 조사단이었다.

하지만 조사를 진행하면서 이상한 것들이 한두 개가 아

니었다.

그것은 일부 제약사들이 욕심 때문에 불법적인 인체 실험을 한 것이 아니라, 정부와 헌터 협회가 나서서 실험을 조장했다는 정황이 포착된 것이다.

뿐만 아니라 일본 내 실종 사태는 뉴스에까지 언급될 정도로 너무나도 심각한 문제였다.

아무리 몬스터가 난리를 피우는 상황이라지만, 도심 한복판에서 사람들이 실종되는 문제는 몬스터의 문제가 아니었다.

그럼에도 일본 정부는 그저 외출을 삼가라는 말뿐이었다.

괜히 밤늦게 돌아다니다 실종되어 민폐를 끼치지 말라는 듯이 말이다.

'그게 말이나 되는 소린가?'

재식은 작게 한숨을 내쉬었다.

'누군 실종되고 싶어서 실종되나. 그 원인을 찾아 해결해도 모자랄 판에 해결책이라고는 하나도 생각하지 않고… 마치 전국시대마냥 그저 하는 말만 들으라고 강요하는 거와 다를 게 없군.'

그것만이면 모를까, 사람들을 납치하는 세력의 뒤에는 일본 헌터 협회와 정부가 있다는 사실이 더욱 재식으로 하여금 어이없게 만들고 있었다.

재식도 설마 일본 정부와 헌터 협회에서 그런 짓을 조장할 줄은 예상하지 못했다.

아니, 아예 그 가능성을 무시한 것은 아니지만, 그게 사실일 거라고는 믿고 싶지 않았다.

정부와 헌터 협회는 국민을 위험으로부터 지키기 위해 존재하는 곳이다.

그럼에도 불구하고, 일본 정부와 헌터 협회는 직접 나서서 지켜야 할 국민들은 다크 나이트와 같은 마물을 만드는 재료로 사용하고 있었다.

재식은 이를 악물었다.

정작 상황을 파악했지만, 이를 증명할 구체적인 증거는 얻지 못했다.

그 때문에 재식과 조사단원들은 일본 정부와 헌터 협회를 국제 사법 재판소에 회부하지 못한 채 발만 동동 구르고 있었다.

8. 마족의 분열

어둡고 습한 동굴, 마족 다섯이 한자리에 모여 앉아 있었다.

칸트라 차원, 마계의 지배자인 대마왕 번의 지시를 받아 지구로 넘어온 마족 중 살아남은 이들이었다.

이들은 얼마 전까지만 해도 일본에서 구원자라며 성원을 받았지만, 현재는 그토록 환호를 보내던 인간들에게 쫓기는 입장이 되어 있었다.

"차라리 전에 말한 것처럼 과감하게 공격해야 했어."

귀여운 외모의 이케다 아야세의 모습을 한 세이갈이 외모와는 대비되는 과격한 말을 꺼냈다.

그녀는 처음 조사단이 일본에 입국했을 때도 이런 반응을 보였다.

"아직 때가 아니다."

조용히 이들의 이야기를 듣고만 있던 카크로크가 나직하게 말하였다.

마계에서도 대장장이로 유명한 카크로크다 보니, 무거운 쇠처럼 차분하기도 하고 또 어떤 때는 마계의 검은 불꽃처럼 폭발하기도 하는 그였다.

하지만 그는 지금의 외견처럼 노인의 연륜이 묻어나는 듯 차분했다.

"우리가 언제까지 이렇게 먹이나 다름없는 인간들을 피해 다녀야 하는 거지?"

우두머리인 카크로크의 말에도 세이갈은 윽박지르듯 물었다.

전투를 통해 강해지는 마족인 세이갈의 무력은 그들 중 최강자인 카크로크에 육박한 상태였다.

계속해서 전투하고 적의 피를 흡수한다면, 언젠가 우두머리인 카크로크를 능가해 이들 중 최고가 될 거라 생각하는 그녀였다.

나약한 인간들에게 쫓겨야 한다는 사실도 분하지만, 무엇보다 카크로크를 능가하고 싶은 욕망 때문에 이토록 전투를 갈망하는 것이었다.

하지만 카크로크는 지금 시점에서 인간들과 전쟁한다는 것은 어리석은 일이라 판단했다.

지구는 칸트라 차원과 다르게 굳이 일을 급하게 추진하지 않아도 충분히 세력을 키우고 정복할 수 있었다.

비록 지구로 넘어온 마족 중 그들에게 힘을 불어넣어 줄 최상급 마족이 없기에 오랜 시간이 걸리겠지만, 그래도 시간은 인간들보다 자신의 편이라 생각했다.

겨우 100년도 못 사는 인간들에 비해 정확한 수명은 알 수 없지만, 적어도 인간보다 몇 배는 살아갈 것이 분명한 자신들이지 않은가.

칸트라 차원에서도 마족들의 수명은 정확하지 않았다.

정해진 수명대로 살아가는 마족은 단 하나도 없었다.

강해지기 위해 서로 죽고 죽이는 과정에서 모두 죽어 나갈 뿐이었다.

같은 마족에게 죽고, 천적인 천족과의 전투에서 죽고, 중간계로 넘어가 분탕질하다 드래곤과 같은 강력한 종족에게 죽곤 했다.

하지만 지구에는 자신들을 위협할 만한 존재들이 얼마 없었다.

다양한 종족들이 살아가는 칸트라 차원과 달리, 지구의 지배종은 인간뿐이기 때문이다.

물론 자신들처럼 칸트라 차원에서 보내진 몬스터 중 충분히 위협적인 몬스터도 분명 존재했다.

자신들은 차원의 법칙으로 힘의 제약을 받는 반면, 몬스터는 전혀 그런 것이 없었다.

때문에 비록 칸트라 차원에서는 자신들보다 약한 몬스터라도, 이곳에서만큼은 결코 무시할 수 없는 존재가 된 것이다.

그래서 카크로크는 신중에 신중을 기해 인간들과 전쟁하는 것을 피했다.

"우리의 기반이 모두 무너진 것은 아니지만, 현재로서는 그들의 추적을 따돌리기가 힘들다."

칼리크는 부정적인 말을 입에 담았다.

처음엔 그도 카크로크처럼 시간을 들여 준비한 뒤, 인간들과 전쟁해야 한다고 판단을 내렸다.

그렇지만 지구의 인간들은 자신의 예상을 뛰어넘었다.

어떻게 알았는지 자신들의 행적을 추적하는 것은 물론이고, 자신들의 터전을 알아내 습격까지 하였다.

비록 습격자들이 위협적이지는 않았지만, 아직 때가 아니란 카크로크의 말에 그냥 몸만 빠져나왔다.

하지만 세이갈의 말처럼 화가 나는 것도 사실이었다.

"너희 중, 아니, 우리 중 온전한 성체 드래곤을 상대로 홀로 대적할 수 있는 자라면 말리지 않지."

투쟁심이 강한 세이갈과 차분하던 칼리크까지 동조하자

카크로크가 낮은 목소리로 말했다.

계속해서 무시 받는 것 같아 잔뜩 화가 나 있던 세이갈은 카크로크의 말에 멈칫했다.

'성체 드래곤?'

느닷없는 질문에 세이갈이나 다른 마족들도 굳은 표정으로 생각에 잠겼다.

아무리 마계에서의 힘을 되찾았다지만, 해칠링이 아닌 성체 드래곤은 무리였다.

천 년 미만의 드래곤이라면, 사냥하는 것까지는 무리여도 공격을 막아 내는 정도는 가능할 것 같았다.

그렇지만 그 이상이라면, 혼자서는 어림도 없었다.

뿐만 아니라 2,000년 이상을 산 드래곤이라면, 지금 이 자리에 있는 마족 전체가 덤벼야 겨우 상대가 가능할 것으로 짐작이 되었다.

3,000년 이상은 더 말할 것도 없었다.

이 자리의 마족 전부가 덤벼도 눈 깜짝할 새에 전멸당할 것이었다.

3,000년 이상 살아온 드래곤의 경우, 비록 낮은 서열의 마왕이라도 화신 정도는 간단히 처리할 수 있는 능력을 가졌다.

그런데 느닷없이 성체가 된 드래곤을 언급하는 저의를 알지 못한 마족들은 의문을 가득 품은 채 카크로크를 쳐다

보았다.

그러자 카크로크는 품에서 휴대폰을 꺼내 조작하기 시작했다.

칸트라 차원에서 넘어온 카크로크는 지구에 적응하기 위해 많은 노력을 하였다.

그가 마병 제작에 심열을 기울이고는 있지만, 하루 24시간을 마병 제작에 쏟는 것은 아니었다.

그 외의 시간에는 여러 가지 방법을 동원해 지구에 대한 정보를 수집하고 있었다.

납치된 인간들에게서 듣기도 하고, 그들이 가진 기기를 통해 정보를 얻기도 했다.

그러던 중, 그는 뜻밖의 한 가지 정보를 알게 되었다.

얼마 전까지만 해도 일본에 자리 잡은 채 마족인 자신들의 신변을 위협하던 백강현을 능가하는 존재가 있음을 알게 된 것이다.

카크로크는 몬스터를 상대하는 인간의 직업을 헌터라는 부르는 것을 진즉에 알고 있었다.

그리고 그런 헌터 중 가장 강력한 존재들을 S등급 헌터로 분류하는 것도 알았다.

처음 이런 정보를 얻었을 때, 카크로크의 입장에서는 그 기준이 모호해 보였다.

때문에 인간의 정확한 전력을 알 수 없었는데, 마계의 힘을 되찾는 과정에서 헌터의 등급을 나누는 기준을 알게 되었다.

지구의 헌터 등급을 나누는 기준은 마족과 상당히 겹치는 부분이 많았다.

마족들은 힘의 크기에 따라 최하급, 하급, 중급, 상급, 그리고 최상급으로 구분한다.

헌터의 정점이라 불리는 S등급의 경우, 중급과 상급에 걸쳐 있었다.

칸트라 차원의 기준으로 보면 마력을 외부로 표출하여 투사할 수 있는 최상급 엑스퍼트에서 마력을 다스리는 마스터까지 포괄적으로 포용한 것이나 다름없었다.

때문에 자신들과 비교하여 정확하게 우위가 어떻다 말할 수가 없었다.

하지만 온전히 이해한 지금, 일본에 있던 마스터는 상급 마스터 정도의 능력을 가졌다는 것을 알 수 있었다.

모든 능력을 찾은 지금의 그로서도 일대일로 상대하는 것은 조심해야 할 필요가 있었다.

그나마 다행인 것은 그런 그가 인간 헌터들 중 상당한 강자라는 것이다.

그가 몇 십억 명이나 되는 지구인들 중 손에 꼽을 정도로 강자란 소리는 마족들에게 상당한 희소식이다.

만약 모든 S등급 헌터가 그렇게 강하다면, 인간과의 전쟁을 꿈꿔서도 안 되었다.

그렇지 않기에 해 볼만 하다고 느끼는 것이다.

하지만 희망적인 정보는 거기까지였다.

조금 더 알아보니 인간들 중 최상급 마족에 버금가는 존재가 있던 것이다.

무려 최소 3,000년은 살았을 것 같은 드래곤을 혼자서 막아 낸 헌터였다.

비록 다른 드래곤에 비해 전투력이 떨어지는 대지 드래곤이지만, 그럼에도 너무 강력해 자신들로서는 상대한다는 것조차 엄두 낼 수 없는 존재였다.

그런데 그걸 혼자서 상대하고 스스로 물러나게 만들다니.

비록 완전히 토벌하지는 못했지만, 고작 인간이 대적 불가의 존재인 드래곤을 물러나게 만든 것만으로 엄청난 일이었다.

그런데 그런 헌터가 수상함을 느끼고 일본에 온 것이다.

그것도 다수의 S등급 헌터와 함께 말이다.

서번트로 다크 나이트를 다수 만들기는 했지만, 겨우 300여 기의 다크 나이트로 그들을 막는다는 것은 불가능한 일이었다.

인간들과 충돌을 회피하는 것은 당연한 선택이었다.

하지만 그런 것도 모르고 세이갈과 다른 마족들이 인간을 피해 숨어든 것에 불만을 토로하고 있었다.

"이게 사실인가?"

"지구에는 영화란 것이 있다고 했다. 허구를 사실처럼 만들어 사람들에게 보여 주는……."

1년 반 전에 미국과 멕시코 국경 지역에서 벌어진 재앙급 몬스터 웨이브에 대한 영상을 카크로크가 그들에게 보여 주었다.

그 동영상을 본 마족들은 하나같이 부정하며 물었다.

"그 밑에 설명이 있지 않나? 그것을 읽어 봐라."

숙주의 영혼에서 인간들의 언어나 대략적인 정보를 취득하였기에 글을 읽는 것은 어렵지 않았다.

"아니, 이럴 수가……."

이케다 에미는 깜짝 놀랐다.

인간이 드래곤을 상대하고도 멀쩡하다는 것에 놀라지 않을 마족이 어디 있겠는가.

천적인 천족만큼이나 마족을 죽인 존재가 바로 중간계의 지배자인 드래곤이었다.

그런 드래곤을 인간이 혼자서 막아 내는 장면은 두 눈으로 보고도 믿기 어려웠다.

"그리고 이것을 봐라."

카크로크는 놀라고 있는 마족에게 또 다른 영상을 보여 주었다.

그것은 재식이 조사단을 이끌고 일본에 입국하는 장면이

찍힌 영상이었다.

"…어?"

"아니, 그럼…….."

조사단이 비행기를 타고 지바 신공항에 도착하는 장면이
었는데, 이것을 방송국 기자가 멀리서부터 찍은 영상이었
다.

먼 거리에서 촬영한 영상이지만, 재식의 얼굴을 알아보는
것은 어렵지 않았다.

그렇기에 마족들도 조사단과 함께 일본에 입국한 재식의
얼굴을 똑똑히 확인하였다.

이내 마족들은 하나같이 고민에 빠졌다.

인간들과 전쟁을 회피한 카크로크의 판단은 틀리지 않았
다.

만약 조사단과 전쟁을 벌인다면 숫자의 우위를 점했을지
는 몰라도, 제작한 다크 나이트들은 물론이고, 그들 중 대
부분 죽거나 회복 불가능한 상태가 되었을 것이 분명했다.

분명 같은 동료이지만, 마족에게 자신보다 소중한 동료
같은 건 없었다.

조금이라도 나약한 모습을 보인다면 자신이 강해지기 위
해 희생시킬 것이 빠했다.

인간과 전쟁을 벌인 뒤의 상황을 상상하던 마족들은 조
금 전까지 같은 편이라 생각한 마족들을 찬찬히 살피기

시작했다.

누가 먼저라고 할 것도 없이 모두가 서로 눈을 마주쳤다.

처음 이야기를 꺼낸 카크로크를 제외한 다른 네 마족은 불편한 마음으로 서로를 의식했다.

*　　　　*　　　　*

늦은 시각, 세이갈의 방에 탈라크가 들어왔다.

다른 종족인 세이갈과 탈라크가 한곳에 머무는 것은 충분히 이상하지만, 현재 이들이 빼앗고 자신의 몸으로 만든 육체는 서로 자매였다.

때문에 인간들의 의심을 피하기 위해서라도 가까운 곳에 있는 편이 좋다는 판단에 함께 생활하고 있었다.

처음엔 거부감을 느끼던 둘이지만, 차지한 육체가 자매여서일까, 의외로 꺼려지는 것이 없었다.

"세이갈, 잠시 이야기할 수 있을까?"

탈라크는 뭔가 고민하는 듯한 세이갈을 불렀다.

"무슨 일이지?"

"아까 카크로크가 한 이야기, 어떻게 생각해?"

탈라크는 무심히 자신을 쳐다보는 세이갈을 보며 물었다.

"뭘 어떻게 생각하냐니. 아쉽기는 하지만 드래곤 입으로 뛰어들 수는 없잖아."

성체 드래곤도 상대할 수 있는 그랜드 마스터에게 싸움을 걸 정도로 세이갈은 미치지 않았다.

그러니 카크로크의 말대로 조사단이 일본을 떠날 때까지는 조용히 있을 생각으로 말을 꺼냈다.

"그렇기는 한데 말이야……."

탈라크가 말끝을 흐리자, 세이갈이 관심을 보이며 그를 쳐다보았다.

"뭔데?"

세이갈이 관심을 보이는 듯하자, 탈라크는 자신의 계획을 이야기하였다.

"만약 우리에게 다크 나이트가 아니라, 데스 나이트가 있다면 어떨까?"

"데스 나이트? 설마 어디서 마스터의 시체를 구한 거야?"

세이갈이 놀란 듯이 눈을 동그랗게 뜨며 물었다.

아직까지 그들 사이에서 마스터의 시체를 구했다는 말은 없었기 때문에 놀란 것이다.

"아니, 마스터는 아니고, 곧 그 급에 오를 헌터 하나를 눈여겨보고 있다."

"그게 누군데?"

"벌써 잊었나? 칼리크가 주시하던 그놈."

"아!"

칼리크가 주시하던 인간이라는 말에 세이갈은 그가 누구인지 깨달았다.

자신들을 위협하던 마스터의 밑에 제법 자질이 우수한 헌터 하나가 있었다.

몇 년 만 있으면 마스터의 위에 오를 정도로 자질이 뛰어난 인간이었다.

그런 인간에게 칼리크는 은밀히 접근하여 수작을 부렸다.

그냥 두어도 몇 년 안에 마스터가 될 것이 분명한 인간에게 마병을, 그것도 피의 광기를 머금은 마병을 쥐어 준 것이다.

사실 칼리크가 그런 마병을 그에게 쥐어 준 것은 전적으로 자신들에게 위협적인 마스터를 견제하기 위한 것이었다.

때문에 그가 자질은 우수하나 정신적으로 문제가 있음을 알게 된 칼리크는 일부러 그를 더욱 자극하기 위해 마병을 준비해 은밀하게 접근했다.

어렵지 않게 엘리트 몬스터에게 상처를 줄 수 있고, 마력을 집중한다면 재앙급 몬스터에게도 치명상을 줄 수 있는 마병을 쥐어 준 것이다.

그리고 그 우수한 헌터는 닥치는 대로 사냥하고 다녔다.

뿐만 아니라 보이지 않는 곳에서 사람들을 상대로도 마병을 사용했다.

인간을 상대로 마병을 쓸 때, 칼리크의 표정은 가관이었다.

마치 생각보다 계획대로 잘 풀려 기쁨에 가득 찬 듯한 표정.

마병은 몬스터의 피도 먹지만, 어떤 것보다 인간의 피를 좋아했다.

그 때문에 마병으로 인한 사고가 끊이지 않는 것이기도 했다.

심지어 마병을 만들기 위해 희생된 사람들의 사념이 집약되어 있었다.

자신들을 이렇게 만든 원한과 사용자 역시 자신의 처지가 되길 원하는 추악한 감정이 사용자의 영혼을 자극했다.

처음에 사용자는 이를 정신력으로 무시할 수 있지만, 오랜 시간 동안 사용하다 보면 자신도 모르게 피에 대한 감각이 무뎌지기 시작한다.

급기야 피에 대한 갈증이 생기고 몬스터의 피만으로는 만족하지 못하는 상태가 된다.

이내 광기를 휩싸여 인간의 피를 갈망하게 되는 것이다.

칼리크가 망가트린 헌터 역시도 다른 희생자들처럼 마병으로 인해 돌이킬 수 없는 상황까지 이르렀다.

마병을 손에 넣기 전부터 애초에 소시오패스적인 성향의 인간이었다.

그런 인간이 인간을 저주하는 마병을 쥐었으니.

어떻게 될지는 결과를 보지 않아도 빤했다.

"그놈을 내게 데려다 줘."

탈라크는 눈을 반짝이며 말하였다.

하지만 정작 말을 꺼낸 세이갈이 작게 한숨을 내쉬며 고개를 저었다.

"설마 그놈을 바로 데스 나이트로 만들려는 건 아니겠지? 마스터가 되려면 아직 시간이 부족해."

탈라크도 그 사실을 알고 있었다.

하지만 그럼에도 의견을 굽히지 않고 세이갈을 설득했다.

"물론 그렇기는 하지만, 지금 우리 상태를 봐라."

탈라크가 불만 가득한 목소리로 말했다.

그가 노골적으로 불편함을 드러냄에도 세이갈은 가만히 듣고 있었다.

"칸트라 차원에 있을 때만 해도 벌벌 떨면서 우리를 피하던 게 인간이야. 그런데 지금은 어떻지? 하, 마족이 인간 따위를 두려워하며 피해야 하다니……."

자신보다 더 과격한 말을 하는 흑마족 출신의 탈라크의 말에 세이갈은 속으로 놀라는 중이었다.

자신이야 전투를 업으로 살아가는 투마족이라 그렇다지만, 흑마족인 탈라크는 인간으로 치면 마법사에 속하는 족속이었다.

그렇기에 언제나 침착하고 차분한 인상이었지만, 그는 흑마법사이기 이전에 마족인 것이었다.

"비록 성에 차지 않지만, 그놈을 이용해 데스 나이트를 만들 것이다. 그리고 그놈과 다크 나이트들을 이용해 그 조사단이라는 인간들을 습격할 거다."

자신의 계획을 설명하는 탈라크의 눈은 진한 광기가 섞여 있었다.

"그 과정에서 마스터의 숫자를 줄이는 것과 동시에 시체를 빼돌려 다시 데스 나이트를 만드는 거지. 그럼 보다 강력한 무력을 지닐 수 있을 것이다."

"호오⋯⋯."

탈라크가 설명한 계획에 세이갈은 작게 감탄했다.

단순하지만 제법 실속이 있어 보였다.

자신들이야 이미 감시를 받고 있기에 함부로 움직일 수 없지만, 다른 인간을 이용하면 문제가 없었다.

칼리크가 눈여겨보는 헌터는 신분도 확실하니, 데스 나이트가 된 그가 조사단을 습격하다 실패해도 자신들에게 영향은 없었다.

의심받을 일이 전혀 없는 것이다.

그야말로 부담은 적고 돌아오는 성과는 크다 할 수 있었다.

그리고 그 과정에서 자신도 이득을 볼 여지가 있었다.

마스터의 피는 세이갈에게도 큰 유혹이었다.

"하지만 우리 둘만으로 가능할까?"

문득 세이갈은 아까운 재료만 소비하고 계획이 실패로 돌아갈 가능성에 대해 고민이 생겨 탈라크에게 질문했다.

"그건 걱정할 필요 없다."

"응? 왜?"

"벰브로스도 이 계획에 참여하기로 했다."

"벰브로스도? 녀석이 어째서?"

"그 또한 마스터를 이용한 키메라를 만들고 싶어 하더군."

"키메라? 마스터의 시체로 키메라를 만든다라……."

세이갈은 너무나도 어처구니없는 이야기를 들었다는 듯 한숨을 내쉬었다.

마스터의 시체로 만들 수 있는 최강의 서번트는 데스 나이트였다.

굳이 키메라를 만들 거면 마스터의 시체보다는 강력한 몬스터의 사체를 사용하는 편이 훨씬 강력했다.

평소의 그라면 하지 않을 판단에 세이갈은 벰브로스가 인간의 육체를 차지하더니 미쳐 버린 게 분명하다고 생각했다.

"정확하게는 마스터의 머리가 필요하다고 하더군."

"머리? 음……."

게다가 팔이나 다리, 혹은 몸통도 아니고 머리라니.

인간의 머리가 왜 키메라에 필요한지 전혀 이해가 되지 않는 세이갈이었다.

"뭐, 그런 건 아무래도 좋아. 그럼 계획은 우리 셋이 끝인가?"

"그래. 칼리크야 분명 반대할 거고, 카크로크 역시 계획에 끼게 되더라도 귀찮아질 가능성이 농후하다. 아, 혹시나 눈치가 빠른 칼리크 놈이 눈치채면 계획에 차질이 생길 수도 있으니, 각별히 주의해서 비밀을 유지하도록 해라."

"알겠어."

*   *   *

지구로 넘어온 마족들 중 안정적으로 정착한 다섯 명의 마족.

그중 우두머리인 카크로크와 대외적으로 활동하는 칼리크가 다른 세 명의 마족과 따로 떨어져 만남을 가지고 있었다.

"무엇 때문에 따로 보자 한 거지?"

칼리크는 카크로크를 의심에 가득 찬 눈빛으로 바라보았다.

평소에는 자신이 찾아가야만 이야기할 정도로 카크로크와의 대화는 어려웠다.

그와의 대화가 어려운 것은 자신뿐만이 아니었다.

다른 마족들과도 별로 소통하지 않는 마족이었다.

그런 그가 오늘은 어째서인지 회의가 끝난 뒤, 몰래 자신을 부른 것이다.

다른 때와 다른 카크로크의 행보에 칼리크는 긴장하지 않을 수 없었다.

"흠, 지금쯤이면 그들도 이야기하고 있겠군. 자네가 모르는 것 같아서 따로 불렀네."

이해할 수 없는 카크로크의 말에 칼리크는 순간 멍해졌다.

도대체 그가 무슨 의도로 이런 말을 하는지 머릿속이 어지러워진 칼리크였다.

"그게… 무슨 말이지? 내가 모르는 무언가가 있는 건가?"

"자넨 탈라크를 어떻게 생각하나?"

"탈라크?"

"그래. 자네가 탈라크를 어떻게 생각하고 있는지 알고 싶군."

카크로크는 여전히 굳은 표정으로 칼리크를 주시하며 물었다.

"굳이 어떻게 생각할 여지가 있나? 여느 마족과 다르게 없지. 늘 힘에 대한 갈망이 있고, 흑마법을 익히는 데

주력하고……."

칼리크가 보는 탈라크는 그저 평범한 마족이었다.

최상급 마족으로 오르고 싶은 욕망이 강한 마족.

때문에 특기인 흑마법을 대성하기 위해 차원을 넘어왔음에도 끊임없이 흑마법을 연구하는 모습을 보였다.

"하아… 그런 걸 물은 게 아닐세. 자네가 말한 건 모든 마족들의 공통 사항일 뿐이네. 오늘 회의한 내용 기억나나? 준비한 것들을 보이기에는 아직 시기상조니까, 조사단이 떠난 뒤에 움직이자는 말."

"그야 당연하지. 얼마나 지났다고 잊겠나. 아무리 인간이 되었다지만, 기억력은 멀쩡하다."

칼리크는 낮에 있던 회의 내용을 상기하며 고개를 끄덕였다.

"하지만 탈라크는 따르지 않을 것이다."

"그가 회의의 결정을 번복한다는 말인가? 감히 탈라크 따위가?"

마족에게 상급자의 지시는 절대적인 것이다.

같은 상급 마족이지만, 현재 지구에 있는 마족 중 최고는 카크로크고, 그 다음이 칼리크였다.

지구로 넘어올 때 당시에는 다른 마족이 우두머리였지만, 지금은 카크로크가 우두머리였다.

그가 하는 명령은 절대적으로 따라야만 했다.

그런데 다른 별 볼일 없는 일도 아니고, 자신들의 안위가 걸린 문제에 대한 회의의 결과를 무시하다니.

이는 있을 수 없는 일이었다.

"흥분하지 말게. 자네가 생각하는 철없는 하극상과는 다를 의미일세. 아마 자신의 생존과도 연관되어 있으니, 직접적으로 조사단과 충돌하지는 않겠지. 하지만 탈라크라면 분명 다른 음흉한 수를 쓸 걸세."

카크로크는 자신과 관련되지 않는 일이라면 일체 관심을 주지 않는 성격이었다.

그것은 마계에서도 지구에서도 같았다.

심지어 지구에서는 하나라도 더 많은 마병을 만들어 퍼뜨려야만 힘을 키울 수 있었다.

하지만 지금 상황은 생존에 직결된 문제이기에 직접 나서서 칼리크와 논의하는 것이었다.

카크로크는 무기나 방어구 제작에 특화되어 문제가 발생해도 대응하기 어렵지만, 칼리크는 달랐다.

칼리크는 마법이나 무기술을 두루 섭렵한 마족이었다.

만약 지구로 넘어가기 전, 조금 더 시간이 있었다면 지금 우두머리는 카크로크가 아니라 칼리크였을 수도 있다.

"어떤 수를 말하는 거지? 아직까지 잘 모르겠군."

"전부터 데스 나이트를 만들고 싶어 했으니, 그와 관련된 수작이겠지."

"데스 나이트? 아무리 멍청한 탈라크라 해도 지금 데스 나이트를 만드는 건 어렵다는 사실을 알 텐데……."

칼리크는 고개를 갸웃거렸다.

데스 나이트를 만들기 위해선 마스터급 기사의 시체가 필요했다.

그렇지만 지구에서는 마스터급 기사의 시체를 얻기란 거의 불가능에 가까웠다.

그에 버금가는 S등급 헌터라는 존재들이 있지만, 지금의 그들의 조건에선 구할 수 없었다.

그도 그럴 것이, 지금 그들이 있는 일본에는 S등급 헌터가 없기 때문이다.

가장 가까운 거리에 있는 S등급 헌터는 바다 건너의 한국이라는 나라에 있었다.

하지만 한국의 S등급 헌터는 상당히 강력한 것으로 알려져 있었다.

칼리크는 마족인 자신들이라고 해도 그들을 쉽게 제압할 거라 장담할 수가 없었다.

일본에서 활동하며 자신들을 위협하던 헌터가 바로 한국의 S등급 헌터 중 한 명이었기 때문이다.

심지어 그런 헌터가 한국에는 세 명이나 더 있었다.

그 세 명의 S등급 헌터는 자신들을 위협하던 헌터보다 더 강하다고 알려져 있었다.

때문에 그런 이들을 피해 약한 S등급 헌터를 죽여 시체를 확보한다는 것은 말도 안 되는 일이었다.

약한 S등급 헌터라 해도 최근에 새롭게 S등급에 도달한 헌터들뿐이었다.

만약 그들과 따로 대면해 죽일 기회가 있다면 쉽게 끝날 문제지만, 최근 한국에서 새롭게 등장한 S등급 헌터는 지구에서 가장 강한 헌터의 수하였다.

바로 성체 드래곤을 물러서게 만든 그 헌터.

그 한국의 헌터들이 일본에 와 있다지만, 그들과 싸워 시체를 얻는 것은 불가능했다.

설령 탈라크가 다른 두 명의 마족들을 끌어들인다 해도 힘들 것이었다.

분명 탈라크 스스로도 알 정도로 당연한 얘기였다.

그럼에도 굳이 이야기를 꺼내는 카크로크에게 칼리크는 의문을 품지 않을 수 없었다.

"그럼 걱정하지 않아도 되는 것 아닌가? 어차피 불가능하니 말이야."

"하아… 하나만 알고 둘은 모르는군. 굳이 조사단의 녀석들보단 훨씬 더 가능성 있는 존재가 하나 있지 않나?"

"그건 또 무슨 소리지?"

마스터와 동급으로 취급되는 S등급 헌터 외에 데스 나이트를 만들 재료가 있나 고민하던 찰나, 카크로크는 나직하게 이야기하였다.

"네가 한참이나 신경 쓰던 그놈 말이다. 칸칼의 발톱을 받은 그놈."

"아!"

칼리크는 그제야 카크로크의 말을 이해했다.

칸칼의 발톱을 받은 놈이라면 마스터급이 아니더라도 데스 나이트를 만들기엔 충분할 것이다.

비록 마스터급 기사의 시체로 만든 데스 나이트에 비해 내구력이 떨어지겠지만, 전투력만큼은 그리 차이나지 않을 것이 분명했다.

"설마 탈라크가 노리는 게 그것인가?"

"멍청하긴. 단순히 탈라크가 데스 나이트 하나 만들고자 그런 일을 벌이겠는가. 그가 노리는 궁극적인 목표는 조사단일 것이다."

"조사단? 이미 불가능하다는 것을 알 텐데?"

조사단을 탈라크가 노린다는 말에 칼리크는 황당하다는 듯 미간을 찌푸렸다.

확실히 조사단의 전력은 그랜드 마스터급 헌터를 제외하곤 그들이 가진 전력과 비교해도 그리 차이가 나지 않았다.

그 때문에 세이갈이 전력을 모아 공격하자는 것이고, 카크로크가 그랜드 마스터급 헌터를 보여 주며 설득하지 않았는가.

그런데 고작 데스 나이트 한 기가 추가된다고 도움이 되겠는가.

칼리크는 도대체 탈라크가 어떤 생각으로 그런 판단을 내린 것인지 이해되지 않았다.

그리고 한편으로는 그렇다고 자신을 찾아온 카크로크의 행동 역시 이해할 수가 없었다.

"그래서. 나를 찾아와 이 이야기를 꺼낸 저의가 뭐지?"

"아까 내가 보여 준 영상을 보지 않았나?"

"그래, 봤지."

"뭔가 느낀 것 없나?"

카크로크는 더욱 깊어진 눈빛으로 칼리크를 바라보았다.

카크로크가 단순히 자신을 비꼬고자 한 말이 아니라는 것을 안 칼리크는 고민했다.

하지만 쉽게 대답할 수가 없었다.

영상에서 느낀 것은 강함에 대한 동경, 그리고 저 힘을 자신의 것으로 만들고 싶은 욕망뿐이었다.

카크로크가 이런 단순한 생각을 묻고자 한 것이 아닐 터이니, 고민하는 것이다.

"대답을 바라고 한 질문은 아니다. 내 이야기를 들어보게."

카크로크는 자신의 질문에 쉽게 대답하지 못하는 칼리크를 보며 자신의 생각을 이야기했다.

"우리가 이곳에서 할 일은 대마왕의 화신을 불러들이는 일일세. 그렇지만 이대로는 대마왕님의 화신을 소환하기는 커녕 그전에 인간들에게 전멸당할 상태지."

"음……."

임무를 완수하기도 전에 전멸할 수도 있다는 굴욕적인 말에도 칼리크는 가만히 신음성만 터뜨릴 뿐, 다른 반응을 보이지 않았다.

말 그대로 사실이었기 때문이다.

그가 생각하기에도 이 지구라는 차원에는 참으로 강자가 많았다.

하물며 마족도 없고, 그 마족의 천적인 천사들도 없었다.

드래곤이 없는 것은 당연하고, 강력한 정령들도 전혀 모습을 보이지 않았다.

마족인 칼리크의 눈에 지구는 마치 온갖 음식이 즐비한 식탁과도 다를 게 없었다.

하지만 음식에 손을 대지 못하도록 만드는 존재가 너무나도 많았다.

칼리크가 혀를 차자, 카크로크가 입을 열었다.

"그래서 난 결정했네. 탈라크와 나머지 녀석들이 사고 치기 전에 떠나자고 말일세."

"…뭐?"

지금까지 꺼낸 말들에도 놀라고 있었지만, 큰 감흥은

없었다.

그저 어떻게 대처해야 할지 고민할 뿐.

하지만 지금 카크로크가 꺼낸 말에 칼리크는 진심으로 당황하며 놀랐다.

고작 탈라크와 다른 두 마족이 일을 그르쳐 인간들에게 공격받는 것을 염려해 자리를 뜨겠다니.

그것도 방해받지 않고 힘을 조금만 더 쌓는다면 마왕이라 불리는 최상급으로 각성할 수도 있는 상급 마족이 말이다.

"떠난다니… 도망치겠다는 말인가? 도망친다고 한들 어디로 간단 말이야?"

칼리크가 눈을 동그랗게 뜬 채 물었다.

"이곳에서 북서쪽으로 바다를 건너가면 커다란 대륙이 하나 있네. 그곳의 인구는 여기보다 훨씬 많다고 한다."

인간들의 기기를 통해 알게 된 정보에 따르면, 지구에는 대륙이 몇 개가 있다는 것이다.

그리고 그 대륙에 있는 나라들, 각 나라 간의 관계 등 여러 가지를 알게 되었다.

또 지금 자신들이 있는 일본에서 갈 수 있는 나라 중 안전을 보장받으며 힘을 기를 수 있는 곳이 어디인지 알아보았다.

그렇게 찾아낸 곳이 바로 중국이었다.

일본만큼은 아니지만, 그 나라도 문제가 많은 나라였다.

모두가 평등하게 잘 살자는 건국이념을 가졌으면서, 빈부 격차가 너무나도 심각했다.

인간들이야 칸트라 차원이든 지구든 영악한 생물인 것에는 변함이 없었다.

몬스터가 횡횡하며 삶의 위협을 받으면서도, 일부 인간들은 마치 별개의 세상을 살아가는 것처럼 무관심했다.

무력이 없는 나약한 자들이 관료라는 감투를 쓰고 오히려 강한 무력을 지닌 헌터들을 통제하며 살고 있었다.

차라리 일본보다 그런 중국이 자신에게 더 잘 맞을 거라 생각하게 된 카크로크였다.

그리고 때마침 탈라크와 벰브로스가 세이갈을 끌어들여 사고를 칠 것 같자, 그는 좋은 명분이 생겼다고 생각했다.

하지만 아무리 다섯 명의 마족 중 가장 강하다지만, 다른 마족들에게 배신자로 찍히는 것은 용납할 수 없었다.

더군다나 다른 마족들은 자신의 지위를 호시탐탐 노리고 있었다.

아무리 마족들 중 가장 강하다 해도 그는 둘 이상을 상대할 수 없었다.

그러니 아직 상황을 알지 못하는 칼리크를 끌어들인다면, 셋이라도 자신과 칼리크를 어쩌지 못할 것이라 판단하고 칼리크를 찾아온 것이다.

"그 말이 사실인가? 그런 나라가 있다고?"

"그래. 이곳도 힘을 기르기에 나쁘지 않지만, 그 나라는 인간들이 실종된다고 해도 워낙 많아서 신경 쓰지 않는다고 한다."

"그런 나라가 있다니……."

인간의 마이너스 에너지를 흡수해 성장하는 마족의 입장에서 그런 곳이 있다면 천국이나 다름없었다.

마계로부터 마기를 얻지 못하는 현재 마족들이 마기를 얻을 방법은 인간들이 내뿜는 부정적 에너지뿐이다.

특히나 고문당해 공포와 두려움에 잠식되어 죽어 갈 때 내뿜는 에너지는 마기 못지않게 강렬했다.

카크로크의 말처럼 사람들이 사라져도 신경 쓰지 않는 나라가 있다면, 굳이 지금처럼 들키지 않기 위해 조심스럽게 숙주의 영혼을 잠식하지 않아도 될 터였다.

그랬다면 지구로 넘어온 마족 중 생존할 수 있는 마족의 수는 지금보다 훨씬 많을 게 분명했다.

칼리크는 지금까지 일본이란 나라가 마족에게 무척이나 괜찮은 나라라 생각했지만, 카크로크의 이야기를 듣고 보니 고민에 휩싸였다.

"그래서 네 말은……."

"녀석들이 사고를 쳐 문제가 생기기 전에 근거지를 옮기자는 말이다."

"음……."

"어차피 이곳의 기반은 저들에게 노출된 상태가 아닌가?"

망설이는 칼리크에게 카크로크가 결정타를 날렸다.

"비록 지금까지 만들어 놓은 다크 나이트들이 아깝기는 하지만, 그 정도는 시간만 있다면 너도 얼마든지 만들 수 있지 않나?"

흑마족인 탈라크보다 마법 실력이 떨어지기는 하지만, 칼리크 역시 흑마법을 알고 있었다.

데스 나이트는 제작이 불가능하지만, 그보다 성능이 떨어지는 다크 나이트 정도는 충분히 만들 수 있었다.

다만, 흑마법의 경지가 탈라크에 비해 떨어지다 보니 한 번에 만들 수 있는 다크 나이트의 수량이 적을 뿐이었다.

이렇게 그동안 보여 온 모습과는 다르게 자신을 끌어들이려는 카크로크의 유혹에 칼리크도 슬슬 넘어가기 시작했다.

그가 생각하기에도 탈라크를 비롯한 세 명의 마족들이 벌이려는 짓은 너무나도 위험했다.

"좋아. 협력하기로 하지."

상급 마족 다섯이 뭉친다면 다수의 마스터급 헌터가 포함된 조사단과 싸워 볼만도 하지만, 부담에 비해 손해가 너무나도 컸다.

더욱이 싸워 이겼다고 해서 끝이 아니지 않은가.

마스터들의 시체를 이용해 데스 나이트를 제작해서 다른

S등급 헌터들이 재차 몰려와도 막을 수 있다지만, 인간들은 그렇게 어리석지 않다.

인간들은 절대로 자신들이 데스 나이트를 만들 때까지 기다리지 않을 게 분명했다.

이런 판단을 하게 된 칼리크는 굳이 무리수를 두려는 세 마족과 함께하기보단, 자신을 설득하기 위해 찾아온 카크로크의 말이 자신을 위해서라도 더 낫다고 판단을 내렸다.

"혼자라면 저들이 가만있지 않겠지만, 우리 둘이라면 저들도 어쩔 수 없을 것이다."

"음, 굳이 이럴 거면, 저들에게 이야기해서 함께 가는 것은 어떤가? 이렇게 둘만 갈 이유는 없지 않나?"

마치 미련이라도 있는 것처럼 칼리크가 카크로크를 설득했다.

하지만 들려온 대답은 부정적이었다.

"아까 내가 그러지 않았나? 탈라크와 벰브로스는 다른 생각이 있다고."

"음."

카크로크나 칼리크, 그리고 세이갈은 모두 다른 종족이다.

하지만 탈라크와 벰브로스는 그 특기가 다르지만, 둘은 흑마법을 힘의 원천으로 하는 흑마족 출신이다.

그러니 다른 마족들보다 둘은 잘 뭉쳤다.

개인의 강함을 추구하는 투마족 세이갈이 초반의 성장이 빠르다.

육체 능력으로 투마족에 버금가지만, 전투가 아닌 장비 제작에 특화된 대장장이족 출신이기에 카크로크의 한계는 뚜렷했다.

마법과 무기술 양쪽에 재능이 있는 칼리크의 경우, 어중간하지만 그만큼 가능성이 있었다.

다만, 가진 한계를 뛰어넘기 위해선 지금보다 더 강력한 에너지가 필요하였다.

그런데 벰브로스나 탈라크의 경우, 마계에서도 가장 큰 세력을 가지고 있는 흑마족 출신이었다.

시간이 흐를수록 그들이 가장 강력한 세력을 만드는 것은 당연했다.

육체적으로는 세이갈이나 카크로크에 비해 약할지 모르지만, 흑마법은 상대적으로 약한 육체를 보완하고도 남을 정도로 강력한 위력을 가지고 있었다.

그러니 시간이 흐르면 가장 강해지는 것은 흑마족인 벰브로스나 탈라크였다.

둘 중 키메라 제작을 특기로 하는 벰브로스보단 흑마법만을 파고든 탈라크가 최강자가 될 확률이 높았다.

그렇기 때문에 탈라크는 지금 무리수를 두려는 것이다.

현재 가장 강한 것은 카크로크였고, 그 다음으로 강한 것이 칼리크다.

또 투마족인 세이갈도 빠르게 강해지고 있다.

이에 위기감을 느낀 뱀브로스와 탈라크는 이번 기회에 카크로크나 칼리크를 인간들을 이용해 제거할 계획을 세운 것이다.

겉으로는 자신들을 위협하는 조사단을 처리해 그들의 시체를 이용해 데스 나이트를 제작하고 싶다는 말을 하지만, 그 속뜻은 강력한 경쟁자의 제거였다.

이를 모르는 세이갈만이 투마족 특유의 투쟁 본능에 탈라크의 유혹에 넘어간 것이다.

그러니 카크로크도 자신이 살 수 있는 방법을 찾아 칼리크를 찾아온 것이다.

어차피 둘은 힘을 추구하는 방법이 달랐다.

그렇기에 충돌할 일도 크게 없을 것이 분명했다.

때문에 카크로크는 칼리크를 선택했고, 세이갈에 비해 좀더 지능적인 칼리크는 예상대로 자신과 함께하기로 결정했다.

"칸칼의 발톱이 치명적이긴 하지만, 그랜드 마스터급으로 예상되는 인간을 상대로 제대로 된 역할을 할 것 같진 않군."

"흠, 그런가?"

"그래. 너도 그렇고, 탈라크도 칸칼의 발톱을 너무 맹신하는 것 같더군. 아무리 강력한 무기라도 누가 사용하느냐에 따라 그 위력은 천차만별이지. 당연한 이야기일세."

"그렇긴 하지. 확실히 그놈이 자질이 있지만, 칸칼의 발톱에 비하면 오크 목에 진주 목걸이나 다름없지."

질투에 잠식되어 허우적거리는 최충식을 보았기에 칼리크도 쉽게 수긍하였다.

분명 그는 헌터로서 자질이 뛰어난 존재였다.

그렇지만 질투심에 잠식되어 이성을 잃은 그는 전혀 위협적이지 않았다.

설령 마족에게도 치명적인 상처를 줄 수 있는 강력한 무기를 가졌더라도, 그것을 제대로 활용하지 못할 게 뻔했다.

그에 비해 그랜드 마스터급으로 보이던 자는 인간이라고 믿기지 않을 정도로 놀라운 신위를 보여 주었다.

성체 드래곤을 상대로 보여 준 그 무위는 마족인 자신을 놀라게 하기 충분했다.

그러한 전투를 보지 못했다면 마족의 자존심 때문에 인간에게서 도망친다는 것이 꺼려지겠지만, 이미 그 모습을 본 뒤였다.

아무리 마족이라도 자신의 생명은 무엇보다 중요했다.

9. 납치된 최충식

저녁 늦은 시각.

저벅저벅.

인적이 드문 어두운 골목 안에서 낮은 발걸음 소리가 울려 퍼졌다.

가로등이 켜져 있음에도 불구하고 골목 안에는 스산한 분위기가 감돌고 있었다.

"거기 누구야!"

골목 안쪽에 있던 누군가의 발걸음 소리에 소리쳤다.

저벅저벅.

하지만 대답 대신 들려온 것은 조금 더 빨라진 발걸음 소리뿐이었다.

"이런 쌍!"

뭐가 그리 마음에 들지 않는지, 소리를 친 사내가 거친 욕설을 내뱉으며 발걸음 소리가 나는 방향을 향해 걸어갔다.

"누군데 감히……."

아무런 대꾸도 없이 다가오는 이에게 위협하듯 다가서던 사내는 갑자기 눈을 휘둥그레 뜨며 당황해했다.

어찌나 놀랐는지, 하던 말을 끝까지 잇지 못할 정도로.

"으악!"

급기야 사내는 비명을 지르기까지 했다.

"거기, 무슨 일이야!"

느닷없는 비명에 사내와 함께 있던 자들 중 하나가 외쳤다.

하지만 아무런 대답은 없었다.

"야! 동식! 무슨 일이냐니까?"

대답이 없자 다시 한번 친구의 이름을 부르며 무슨 일인지 물어봤지만, 여전히 아무런 대답도 들려오지 않았다.

"나 동식이 좀 찾아보고 올게."

방금 전 괜히 신경질을 내며 골목 모퉁이를 돌아간 동식이 비명만 지르고 아무런 반응이 없자, 조금 걱정된 그는 동식을 찾아보려 골목으로 들어갔다.

"으악!"

사내를 찾아 골목으로 들어선 그는 이내 다급한 비명을 지르며 골목을 빠져나왔다.

"야! 도망쳐!"

무엇을 보았는지 사내는 골목에서 나오자마자 친구들에게 소리를 지르며 빠른 속도로 그들을 지나쳐 갔다.

너무나도 다급한 모습에 저 멀리 뛰어가는 친구의 뒷모습을 멍하니 지켜만 보는 사내들이었다.

크앙!

바로 그때, 그런 사내들을 골목에서 튀어나온 무언가가 습격했다.

골목에서 나온 그것은 날카로운 로어를 내뱉고는 사내들을 덮쳐 물어뜯으며 두 손으로 내리쳤다.

퍽, 퍽.

사내들은 무엇이 자신들을 덮치는지도 모르고 생을 마감했다.

두 사내를 죽인 그것은 멈추지 않고 저 멀리 도망치고 있는 사내의 뒤를 쫓았다.

그릉…….

타탓!

검은 털을 가진 그것은 얼마나 많은 살육을 저질렀는지, 몸의 일부분을 제외하고는 온통 피를 뒤집어쓰고 있었다.

그 때문에 검은 늑대 인간이 아닌, 마치 피에 젖은 혈귀를 보는 듯했다.

늑대 인간의 움직임이 너무나도 민첩해 얼마 지나지 않아 골목을 나와 도망치던 사내의 뒤를 따라잡았다.

크앙!

촤아—

분노가 가득한 로어를 터뜨린 늑대 인간은 사내를 덮치며 날카로운 손톱을 휘둘렀다.

쿵!

늑대 인간의 손톱 공격을 받은 사내의 몸은 마치 붉게 달군 칼이 부드러운 버터를 녹이듯 부드럽게 사내의 몸을 절단해 버렸다.

손톱 크기가 성인 남성의 몸을 절단할 수 없을 정도로 작음에도 불구하고, 어찌된 영문인지 손쉽게 두 동강 내 버렸다.

뚜욱, 뚜욱.

그릉…….

방금 전까지 살아 움직이던 사람을 한순간에 고깃덩어리로 만든 늑대 인간은 핏물이 손톱을 타고 바닥에 떨어지는 것을 가만히 지켜보았다.

후욱.

절단된 시체에서 쏟아진 핏물이 바닥을 적시고 있어 주변에 역한 피 냄새가 가득했다.

하지만 이 냄새를 맡고 있던 늑대 인간은 마치 음미하듯 더욱 깊게 숨을 들이마셨다.

하아…….

호흡을 크게 내뱉은 늑대 인간은 뭐가 그리 마음에 드는지 입가에 미소를 지었다.

방금까지 살육을 즐기던 녀석이 천천히 주변을 돌아보았다.

깨지고 무너진 담벼락, 흐릿한 보안등만이 덩그러니 놓인 전봇대, 그리고 담벼락 너머 을씨년스러운 폐가들이 즐비한 동네의 모습.

한참이나 주변을 돌아보던 늑대 인간은 다시 어디론가 발길을 돌렸다.

저벅저벅.

그 모습은 마치 또 다른 희생자를 찾아 떠도는 살인귀와도 같았다.

* * *

스윽.

척!

피에 절은 검은 괴물이 사람들을 살육하고 떠난 지 얼마 지나지 않아 다시 그 골목에 누군가 나타났다.

그리고 그는 길바닥에 너부러진 시체들의 상태를 살폈다.

"얼마 되지 않았군."

무엇을 말하는 것인지, 그는 시체들의 상태를 살피고는 바로 자리를 떠났다.

그리고 얼마 지나지 않아 쫓던 괴물을 발견할 수 있었다.

"저기 있군."

다다다다.

빠른 걸음으로 괴물의 뒤를 쫓던 그는 헌터 브레슬릿을 조작해 누군가를 불렀다.

"찾았다."

— 알겠다. 금방 합류하겠다.

사무적인 말투지만, 목소리에는 제법 다급함이 섞여 있었다.

"멈춰라."

이내 헌터 브레슬릿 너머로 들려오던 목소리의 주인이 나타나 괴물에게 말했다.

또 다른 희생자를 찾아 헤매던 괴물은 마치 기다렸다는 듯이 달려들었다.

크앙!

"좋아. 덤벼라."

자신을 향해 달려드는 괴물을 보면서도 그는 전혀 기죽지 않고 호기롭게 말했다.

그는 그보다 1.5배는 더 커다란 덩치를 가진 괴물이 이빨을 보이며 달려드는 것을 보고도 무슨 배짱인지 전혀 기죽지 않고 맞받아칠 자세를 잡았다.

쾅—!

커다란 덩치의 괴물과 비교적 왜소한 몸집을 가진 일본인이 부딪힌 것이라고는 믿기지 않을 정도로 커다란 충격음이 발생하였다.

"생각보다 괜찮은데?"

그는 커다란 덩치의 괴물과 공격을 주고받았음에도 전혀 밀리지 않는 모습이었다.

오히려 신난 것처럼 희미하게 웃기까지 했다.

내지른 공격이 막히자, 괴물은 방금 전 사람을 절단한 손톱으로 공격을 시도했다.

챙— 챙—

하지만 쇠끼리 부딪히는 듯한 파열음만이 들려왔다.

괴물은 작금의 상황을 이해할 수 없었다.

방금 전까지만 해도 손톱을 이용한 공격에 인간 여럿이 아무런 힘도 쓰지 못하고 절단되었다.

하지만 지금 눈앞에 있는 인간은 다른 인간보다 훨씬 더 작은 덩치를 가졌으면서도 자신의 공격을 쉽게 막아 내고 있었다.

심지어 힘든 기색조차 전혀 보이지 않았다.

그 때문인지 괴물은 더욱 흥분하며 공격을 퍼붓기 시작했다.

크앙!

챙챙챙!

획— 획—

괴물은 공격 하나하나에 분노 에너지를 담아 맹렬히 공격해 보지만, 전혀 통하지 않았다.

오히려 그런 공격들을 틈타 인간이 더욱 적극적으로 공격해 왔다.

분노해 공격하다 보니 자연스레 동작이 커져 빈틈이 생긴 탓이었다.

퍽! 퍽!

괴물은 인간의 날카로운 공격에 인상을 찌푸리면서도 무언가 이상한 것을 느꼈다.

인간이 자신에게 몇 번이고 치명상을 남길 수 있음에도 주요 부위는 공격하지 않았기 때문이다.

"잠들어라."

한참 동안 괴물과 왜소한 인간이 싸우고 있을 때, 얼굴을 가린 또 다른 인간이 나타나 무언가 주문을 외우기 시작했다.

저 주문이 완성되면 안 된다는 것을 알면서도 괴물은 눈앞의 인간에게서 눈을 뗄 수가 없었다.

결국 주문은 완성되었고 얼굴을 가린 인간의 손에서 검은 기운이 뻗어 나오기 시작했다.

검은 기운은 순식간에 괴물의 전신을 덮쳤고, 괴물은 마치 간질병 환자가 병이 도져 쓰러지듯 바닥에 털썩 쓰러졌다.

쿵!

"세이갈, 수고했다."

가면을 쓴 채 주문을 외운 존재는 바로 탈라크였다.

그리고 괴물을 상대하던 왜소한 인간은 바로 세이갈이었다.

이 둘은 데스 나이트의 재료가 될 최충식을 잡기 위해 한국에 온 것이다.

탈라크와 세이갈은 귀여운 외모를 앞세워 마치 한국에 관광 온 일본인으로 위장하여 한국에 입국하였다.

그러고는 곧바로 성신 길드가 있는 서울로 올라갔다.

최충식의 소속이 성신 길드였기에 길드 주변을 서성이다 보면 그와 마주칠 수 있을 거라 예상한 그들이었다.

아니나 다를까, 얼마 지나지 않아 그들은 최충식과 마주할 수 있었다.

다만, 예상 이상으로 그는 칸칼의 발톱에 영향을 많이 받은 상태였다.

때문에 손쉽게 최충식을 사냥하기 위해 그들은 그가 살육을 즐기러 몰래 밖으로 나오는 것을 기다렸다.

마족 대장장이인 카크로크가 만든 마병 중에서도 칸칼의 발톱은 유독 마기를 많이 머금고 있었다.

때문에 최충식이 아무리 기적을 차단하고 몰래 이동한다고 한들, 상급 마족의 힘을 모두 되찾은 둘에게 그를 찾는 것은 일도 아니었다.

"이만 돌아가자. 녀석을 챙겨라."

탈라크는 한국에 온 목적을 이루었기에 더 지체하지 않고 본거지인 일본으로 돌아가려고 했다.

하지만 세이갈은 뭔가 아쉬운 표정을 하며 입맛을 다셨다.

그도 그럴 것이, 너무 오랜만의 전투였기에 좀 더 즐기고 싶었기 때문이다.

하지만 그것도 잠시, 마음을 정리한 세이갈은 이내 고개를 끄덕였다.

강한 헌터들이 많다고 알려진 한국이다.

투마족인 세이갈은 그런 강자들과의 전투를 무엇보다도 좋아했다.

비록 그것이 자신의 생명을 위협하는 일이라도 말이다.

하지만 현재 그가 해야 할 일을 잊은 것은 아니었다.

사로잡은 최충식을 데스 나이트를 만드는 데 도움을 주고, 또 일본에서 자신의 존재를 찾아 헤매는 조사단을 상대하는 일이 우선이었다.

지금은 욕심 부리기보다 조사단의 강자들과 힘을 겨루는 일을 기대하는 편이 나을 것임을 깨달은 세이갈이었다.

"알겠다."

탈라크의 재촉에 세이갈은 상처투성이가 된 최충식을 어깨에 메고 발걸음을 옮겼다.

　　　　*　　　　　*　　　　　*

　커다란 수술용 테이블 위에 온통 피범벅이 된 늑대 인간 하나가 놓여 있었다.

　늑대 인간은 마치 죽은 시체마냥 꼼짝도 하지 않았지만, 가슴과 배가 천천히 움직이는 것을 보아 숨은 쉬는 것 같았다.

　"시작하지."

　"그래."

　두 흑마족, 벰브로스와 탈라크는 테이블 위에 놓인 최충식을 두고 수술을 시작했다.

　죽음의 기사인 데스 나이트를 만들기 위한 작업.

　하지만 일반적인 데스 나이트 제작 작업과는 다른 점이 있었다.

　특이하게도 이들은 최충식의 시체가 아닌, 코마 상태로 두고 수술하는 것이었다.

　사실 데스 나이트는 마스터급 기사의 영혼과 계약을 맺어 강제로 불사의 존재로 만드는 언데드였다.

　이렇게 계약을 통해 만들어진 데스 나이트를 오리지널이라 부르는데, 이런 오리지널 데스 나이트는 최상급 마족, 즉 마왕급의 마족들만 만들 수 있는 언데드였다.

　하지만 데스 나이트를 만드는 방법이 꼭 이것만 있는 것은 아니었다.

오리지널 데스 나이트보다는 조금 떨어지지만, 시체를 가지고 데스 나이트를 만드는 방법도 있었다.

마왕급 마족이 그 강대한 능력으로 죽은 기사의 영혼을 불러와 자신의 마력과 함께 아무 육체에 집어넣어 만드는 오리지널의 제작에는 큰 문제가 있었다.

바로 영혼가 함께 집어넣는 마력이 문제였다.

그래서 마왕급 마족만큼의 강력한 마력을 가지지 못한 마족이나 흑마법사가 생각해 낸 방법이 바로 마스터급 기사의 시체를 이용하는 방법이었다.

즉, 부족한 마력을 시체가 가진 강대한 마력으로 대체하는 방법인 것이다.

이러한 발상은 수많은 실험 끝에 오리지널에 비해 성능은 조금 떨어져도, 충분히 데스 나이트라 할 만큼 완성도를 확보할 수 있었다.

그렇게 한동안 이 두 방법이 데스 나이트를 만드는 방법으로 자리 잡았다.

하지만 세월이 지나면서 흑마법사들의 지식도 쌓여 갔다.

아무래도 마스터급 강자의 시체를 구하기가 쉽지 않은 탓에 수많은 연구를 하게 된 것이었다.

마스터급 강자와 싸워 이기는 것도 쉽지 않지만, 당시 드래곤과 마족들이 마스터급 강자들을 학살했기 때문이다.

위협이 될 싹을 제거하기 위함이라지만, 그 정도가 너무나도 과했다.

그렇게 마스터급 강자들의 시체가 즐비하게 되었지만, 아무리 마스터급 강자의 시체라도 마력을 영원히 품고 있을 수는 없었다.

죽고 아주 조금의 시간만 흘러도 마력이 빠져나가는 속도는 상상을 초월했다.

흑마법사들이 운이 좋게 마스터급 강자의 시체를 발견해도 데스 나이트를 만들 수 없는 것은 그러한 점이 주요했다.

결국 데스 나이트를 만들기 위해 방법을 모색하던 흑마법사들은 새로운 대안을 마련하기에 이르렀다.

마스터급 강자의 시체가 없다면, 살아 있는 엑스퍼트급 강자를 이용하는 것이었다.

죽은 시체가 아닌 이상, 살아 있는 생명체는 몸속에 마력을 계속해서 품고 있다.

때문에 마스터급 강자가 보유한 마력을 받아들일 수 있을 만큼 신체를 개조하고, 죽은 것과 같은 가사 상태만 유지한다면, 마스터급 강자의 시체로 데스 나이트를 만드는 것과 별반 차이가 없을 것이었다.

지금 벰브로스와 탈라크가 시도하는 방법이 그것이었다.

게다가 둘은 추가로 키메라 제조법을 약간 섞고 있었다.

원래 키메라라는 존재는 이종의 몬스터의 신체를 조각내이어 붙이고, 각 부위의 장점을 극대화하여 탄생시키는 괴물이었다.

그 과정에서 여러 약물이 사용되는 것은 당연했다.

때문에 약물의 사용에 있어서 키메라 학파는 어느 마법사 유파보다 우월했다.

"만드라고라의 진액은 어떡하지?"

뱀브로스는 문득 엑스퍼트급 기사를 가지고 데스 나이트를 만들 때, 가장 중요한 재료 중 하나인 만드라고라의 진액이 없다는 사실을 눈치챘다.

억울하게 죽은 시체의 핏속에서 자라나는 뿌리 식물인 만드라고라는 지구에서 아직까지는 발견되지 않고 있는 식물이었다.

"그건 걱정하지 않아도 된다. 이곳에도 만드라고라와 똑같지는 않지만, 비슷한 게 있더군."

탈라크는 별거 아니란 듯 자신 있게 대답하였다.

뱀브로스는 비슷한 것이라는 말에 눈살을 찌푸렸다.

마법식이 조금만 틀려도 실패하는 마법처럼 키메라 제작도 마찬가지였다.

약물의 용량이나 내용물이 조금만 틀려도 결과는 상이했다.

정해진 양을 따르지 않으면 결과는 예측이 불가능하다 해도 과언이 아니었다.

심지어 데스 나이트 제작에 가장 중요한 요소 중 하나인 만드라고라의 진액이 없는데, 고작 유사한 무언가를 넣겠다는 말에 벰브로스는 탈라크가 드디어 미쳤다고 생각했다.

그런 생각이 얼굴에 드러났는지, 탈라크는 비릿한 미소를 지으며 입을 열었다.

"네가 무엇을 걱정하는지 알겠다. 나도 다 알고 말하는 것이니, 너무 그런 표정을 짓지 말도록."

"흠, 그런 이야기를 들어도 잘 이해는 안 되는군."

"내가 네놈의 입장이었어도 마찬가지였을 거다. 설명해 주자면, 우선 넌 아직 칸칼의 발톱이 어떤 것인지 모르고 있다."

뜬금없는 마병의 등장에 벰브로스는 고개를 갸웃거렸다.

"칸칼의 발톱?"

"그래. 칸칼의 발톱은 단순한 최상급 마수의 발톱으로 만들어진 마병이 아니다. 그렇게 생각하면 큰 오산이지."

"그럼? 뭐가 다르지?"

벰브로스는 자신을 무시하는 듯한 탈라크의 말투에 미간을 찌푸리며 물었다.

그러자 탈라크는 보란 듯이 탄식하며 그를 무시했다.

칸칼이 괜히 최상급 마수로 불리는 것이 아니었다.

칸칼이 최상급 마수로 불리는 이유는 그 위험성이 마왕인 최상급 마족에 버금가기 때문이다.

물론 최상급 마족을 상대할 수 있다는 말은 아니었다.

말 그대로 최상급 마족을 뺀 그 미만의 모든 마족들에게 최상급 마족에 준하는 위협이 되기 때문이다.

그런데 칸칼이 그렇게나 마족에게 위험한 것은 칸칼의 발톱에 내재된 죽음과도 같은 저주 때문이다.

마력이 깃든 공격이 아니면 상처도 입지 않는 마족의 피부를 찢고, 마족이 가진 흑마력을 훼손하는 것이 바로 칸칼의 발톱이었다.

정확히는 발톱 안에 있는 독이었다.

마족들은 그 독을 죽음의 저주라 불렀다.

탈라크는 미소 지었다.

이 죽음의 저주가 바로 만드라고라의 진액과도 성질이 비슷했기 때문이다.

만드라고라 진액보다 더 좋았으면 좋았지, 나쁘지는 않았다.

상위 호환이라 해도 부족함이 없었다.

그러니 만드라고라의 진액이 없더라도 칸칼의 발톱만 있다면 충분히 데스 나이트를 만들 수 있었다.

더군다나 최충식은 칸칼의 발톱으로 만들어진 마병을 팔에 이식하고 있지 않은가.

만약 그가 마족이었다면 몸속의 흑마력과 충돌하여 죽겠지만, 그는 마족이 아니었다.

비록 정신이 마족에 가까운 인간이긴 했지만, 몸속에 흐르는 에너지는 흑마력이 아니었기에 칸칼의 발톱의 독에 아무런 영향을 받지 않았다.

*　　　*　　　*

똑똑.

이른 아침, 집무실에서 서류를 작업하던 백강현은 노크 소리에 하던 일을 멈추고 나지막히 말했다.

"들어와."

덜컹.

문을 열고 들어온 사람은 그의 딸인 백장미였다.

"그래, 이른 시간에 무슨 일로 여기까지 온 것이냐?"

평소에도 자주 자신을 찾아오기는 하지만, 이렇게 이른 시간에 찾은 적은 처음이나 다름없었다.

그렇기에 의아한 표정으로 물어본 것이다.

"아빠, 혹시 충식 씨 어디 파견 보냈어?"

어제 오후 최충식이 볼일이 있다며 나간 이후, 그와 연락이 끊긴 백장미였다.

한참이 지나도 돌아오지 않고 연락조차 되지 않으니, 혹시 백강현이 무언가 임무를 주어 어디론가 보낸 게 아닌가 하고 생각한 것이다.

"아니. 그런 적은 없다만… 혹시 최 서방이 어제 안 들어왔더냐?"

얼마 전, 결혼한 충식과 백장미.

신혼이지만 오랜 시간 함께하다 보니 애틋한 마음보다는

익숙함이 더 컸다.

보통 때 같으면 화를 내겠지만, 이처럼 일방적으로 연락까지 끊은 적은 없기에 혹시나 싶어 백강현을 찾은 것이다.

"설마… 이 인간, 외도를……."

백강현의 아니라는 말에 백장미는 눈살을 찌푸렸다.

결혼 전부터 최충식에게는 여성 편력이 좀 있었다.

물론 백장미 역시 최충식과 연애하면서도 다른 남자들을 만나곤 했다.

서로 그런 점을 알았지만, 알고도 모른 척했다.

그것이 하나의 연애 방식이라 생각했기에.

하지만 결혼하면서 둘은 서로에게 집중하기로 약속했다.

심지어 계약서까지 작성해 명시한 사항이었다.

만약 상대가 바람을 폈을 경우, 무척이나 불리하게 작용하게끔 작성되었고 공증까지 받았다.

두 사람이 이런 계약을 한 것은 전적으로 재산 때문이었다.

둘의 직업이 헌터, 그것도 국내에서 손에 꼽는 대형 헌터 길드라 할 수 있는 성신 길드의 핵심 멤버였다.

최충식은 현재 성신 길드의 간판이라 할 수 있는 팀 비스트의 리더이고, 백장미는 성신 길드의 길드장인 백강현의 무남독녀이며 팀 비스트의 멤버였다.

그러다 보니 두 사람은 웬만한 중견 기업의 총자산과 비슷할 정도로 엄청난 재산을 보유하고 있었다.

특히나 백장미는 출신 배경부터가 로열패밀리이지 않은가.

그렇기에 철저하게 혼인 전에 계약서부터 작성한 것이다.

만약 결혼 생활이 틀어질 경우에 발생할 재산의 분산을 막으려는 의도였다.

"이 인간, 돌아오기만 해 봐……."

백장미는 최충식에 대한 분노를 감추지 않았다.

감히 계약서를 어겼다는 괘심함에 분을 참을 수가 없던 것이다.

"아빠, 나 먼저 나가 볼게."

쾅!

그녀는 볼일이 끝나자, 할 말만 하고 부리나케 나가 버렸다.

한편, 그런 딸의 모습에 백강현은 차갑게 눈을 반짝였다.

*   *   *

벌컥!

"알아냈다."

한 나라의 왕자인 헨리 윈저는 뭐가 그리 급한지 노크도 없이 재식이 쉬고 있는 호텔 객실로 들어와 말했다.

"알아내다니? 설마?"

재식은 너무나도 갑작스러운 말에 헨리 윈저를 밝은 표정을 지으며 바라보았다.

마계에서 온 것으로 추정되는 존재들과 연관이 있을 일본의 S등급 헌터들의 행방을 찾던 헨리 윈저가 이렇게 다급히 들어와 말하는 모습에 기대감을 품은 것이었다.

"그래. 종적을 감춘 놈들 중 자매의 행적을 알아냈어."

"그게 어디지?"

일본의 S등급 헌터 중 특이하게 자매 둘 다 S등급 헌터가 되어 화제가 된 이케다 에미, 이케다 아야세였다.

지금 이 두 사람은 일본에서 슈퍼스타나 다름없었다.

언니인 이케다 에미는 일본 여성 치고는 큰 키였다.

163㎝의 늘씬한 체형인 그녀는 검은 머리를 궁장처럼 틀어 올리고 금테 안경을 주로 쓰고 다녔다.

그 모습은 마치 지적인 도시 여자, 일 잘하는 비서처럼 보여 남녀노소 불문하고 인기가 많았다.

동생인 이케다 아야세의 경우, 148㎝로 일본인 여성 평균보다 작고 아담한 키였다.

거기에 언니와 닮았지만, 아직 젖살이 빠지지 않아 귀여운 외모를 가지고 있었다.

하지만 그런 외모와는 달리 커다란 태도를 무기로 사용해 마치 애니메이션에서 튀어나온 것 같은 느낌을 주었다.

때문에 그녀는 일본인 남성들에게 압도적인 인기가 많았다.

하지만 이상한 점은 이 둘이 이처럼 인기가 많은 것에 비해 정보가 무척이나 적다는 것이었다.

일반적으로 다른 나라에서도 S등급 헌터에 대한 정보는 숨기는 추세라 어느 누구도 의심하지 않았지만, 재식은 단순히 그런 이유에서 숨긴 것이 아니라고 생각했다.

"최근 그 둘이 한국에 다녀온 게 확인되었어."

"한국? 지금 이 시기에 무엇 때문에?"

헨리의 말에 재식은 고개를 갸웃거렸다.

일본에서만 활동하던 그들이 굳이 한국에 다녀올 이유가 없기 때문이다.

그런 이유로 재식은 행여 자신이 모르는 사건이 벌어진 것은 아닌가 불안한 마음이 들었다.

"일본으로 귀국할 때, 커다란 화물 하나 가지고 들어왔더라. 덕분에 그들의 행방을 알 수 있었지."

사실 헨리는 이케다 에미와 이케다 아야세 자매가 신분을 숨기고 한국으로 가는 것은 전혀 포착하지 못했다.

위장이 철저했을 뿐더러 그 역시 그들이 해외로 갈 거라곤 생각지도 못했기 때문이다.

그런데 그녀들이 눈에 띄는 커다란 화물 하나를 가지고 귀국하면서 영국 정보부에 포착되었다.

가로 길이가 3m가 넘어갈 정도로 커다랗고 길쭉한 상자를 두 젊은 여성이 한국에서 일본으로 가져왔다는 사실이 너무나도 이상한 탓이었다.

아니나 다를까, 조사 결과, 화물을 접수한 주인의 이름과 사진이 일치하지 않았고, 사진상의 인물이 이케다 자매인 것을 알게 되었다.

"헨리, 넌 그들이 한국에서 가져온 게 뭐라고 생각해?"

자신들이 주시하던 두 사람이 한국에서 무엇을 가져왔을지 무척이나 신경 쓰이는 재식이었다.

곰곰이 생각해 보아도 지금 이 시기에 한국에서 가져올 만한 물건, 그것도 커다란 화물을 이용해 가져올 만한 것이 무엇인지 짐작조차 되지 않았다.

하지만 무엇인지 모르는 것은 헨리 역시도 마찬가지였다.

"글쎄… 나도 잘 모르겠어. 처음에 한국이라는 말을 들었을 땐, 둘이 일본을 뜬 줄 알았는데, 굳이 쫓기던 입장에서 돌아올 이유가 있을까? 무엇인지는 잘 모르지만, 다시 일본에 돌아올 정도로 우리 조사단에게 대항할 무언가가 아닐까 싶다."

정보가 너무 제한되어 있어 가지고 온 물건이 무엇인지는 모르지만, 확실한 것은 보통 물건이 아니라는 것이다.

도망치지 않고 다시 일본으로 돌아오게 만들 만큼 큰 힘을 지닌 무언가.

재식은 한 손으로 턱을 괸 채 고민에 빠졌다.

이 조사단의 전력을 보고도 할 만하다 생각할 무언가란 무엇일까.

'설마… 재앙급 몬스터의 마정석? 아니야. 그럼 굳이 그

렇게 큰 화물에 실을 이유도 없겠지.'

조사단을 위협할 만한 물건들에 대해 하나하나 떠올려 보는 재식이었지만, 이렇다 할 만한 답은 나오지 않았다.

*   *   *

뽀글뽀글.

커다란 캡슐 안에 기포가 솟아오르며 작은 소음이 일었다.

그리고 그것을 들여다보는 탈라크와 벰브로스의 표정이 무척이나 밝았다.

"호오, 확실히 칸칼의 독이 있으니 빠르게 마력이 오르는군. 네 말이 맞았어, 탈라크."

"흐흐, 그러게 내가 뭐라고 했나. 넌 다 괜찮은데, 무식해서 탈이야. 겁도 많고 말이지."

"고작 한 번 가지고 잘난 척하지 마라, 탈라크. 흠, 예상보다 진행이 빠른데, 괜찮은가?"

벰브로스는 자신이 계산한 것보다 데스 나이트의 제작 속도가 너무나도 빨라 걱정되었다.

마스터급의 시체가 아닌, 엑스퍼트급의 육체를 가지고 데스 나이트를 제작하는 것이기에 자칫 급격히 차오르는 마력을 감당하지 못하고 신체가 붕괴할 가능성도 있었다.

만약 그렇게 되면 갈 곳을 잃은 마력이 외부로 표출되면서 커다란 폭발을 일으킬 것이었다.

데스 나이트의 마력은 상급 마족에 준한다.

그렇기에 실패했을 때 일어나는 폭발은 그 일대가 초토화될 정도로 큰 위력을 보일 것이 분명했다.

그 말은 이 실험을 진행하는 그들 자신이 위험해질 수도 있다는 것이었다.

"내가 말하지 않았나. 넌 겁이 너무 많다고. 무슨 걱정을 하는 것인지 잘 알고 있다. 나도 그런 부분을 염려했는데, 그럴 필요가 없더군. 저놈은 칸칼의 발톱을 받아들이면서도 부작용이 없었다."

무엇 때문인지 탈라크는 무척이나 자신감을 내보였다.

평소의 그라면 절대로 보여 주지 않는 모습에 벰브로스는 의아했다.

"흐흐, 칼리크는 녀석이 먼저 저놈을 선택했다고 믿지만, 사실은 달라. 내가 먼저 저놈과 계약했다."

탈라크는 그동안 숨긴 이야기를 벰브로스에게 들려주었다.

"그게 무슨 소리지? 그럼……."

"이제야 좀 감이 오나 보군. 칼리크가 칸칼의 발톱을 사용할 수밖에 없는 것도, 저놈이 그것 받아들일 수밖에 없는 것도, 전부 내 계획 아래서 진행된 일이다."

"허어……."

벰브로스는 탈라크가 자신이 생각한 것보다 더 유능한 놈일 수도 있겠다 생각했다.

괜히 대화하는 내내 자신을 무시한 게 아니었다.

탈라크의 계략에 감탄하던 벰브로스는 이어진 그의 말에 눈을 동그랗게 떴다.

"대마왕 님의 명령도 중요하지만… 굳이 그분을 이곳으로 불러들일 필요가 있을까?"

탈라크는 한쪽 입꼬리를 들어 올리며 비릿한 미소를 지었다.

"뭐라? 네놈……."

"워, 그렇게 흥분하지 마. 너도 생각해 봐. 여긴 생각보다 괜찮은 차원이야. 최상급으로 각성하는 것도 마냥 꿈은 아니지."

반사적으로 흥분하려는 벰브로스를 진정시키며 탈라크는 자신의 욕심을 떠들었다.

만약 대마왕의 아바타가 지구로 넘어오게 된다면, 자신들은 더 이상 필요가 없어지는 것이 당연했다.

버려지거나 관심을 가지지 않는다면 다행일 지경이었다.

지구로 넘어온 아바타가 그의 측근들을 불러들이는 것이고, 자신들보다 더 강력하고 유능한 마족들이 한 자리씩 꿰차게 될 것이었다.

그렇기에 탈라크는 숙주의 몸을 완벽하게 차지한 뒤로 계속해서 생각했다.

마계의 힘을 되찾기 전엔 자신들에게 마력을 공급해 줄

수 있는 대마왕의 아바타가 절실했다.

때문에 어떻게든 대마왕의 아바타가 차원을 넘을 수 있도록 온갖 방안을 모색했지만, 지구에 적응하면서 그럴 필요가 없어진 것을 깨달았다.

카크로크가 마병을 만드는 과정에서 탈라크는 막대한 흑마력과 비슷한 에너지가 발생한다는 것을 눈치챘다.

그리고 카크로크가 자신들보다 빠르게 강해진 이유도 알아차리면서 이런 계획을 세우게 된 것이었다.

이전까지는 생존을 위해 대마왕에게 헌신했다면, 대체할 것이 생긴 지금에는 굳이 그에게 헌신할 이유가 없어진 것이다.

비록 강해지기 전까지 숨어 다니고 눈치를 좀 봐야겠지만, 버려지는 것보다는 훨씬 나았다.

무엇보다 대마왕 이상으로 강해질 수도 있는 가능성이 있기에 이런 생각을 품을 수 있었다.

그때부터 탈라크는 치밀하게 계획을 세웠다.

대마왕이 자신의 아바타를 소환할 때 사용할 재료인 칸칼의 발톱을 다른 존재에게 이식하는 것이었다.

그렇게 찾은 것이 최충식이었다.

마스터에 오를 충분한 자질을 가졌으면서도, 아직은 그 경지에 오르지 않았다.

엑스퍼트급 강자를 데스 나이트로 만드는 것은 마스터급 강자의 시체로 만드는 것보다 번거롭지만, 탈라크는 전자를 선택할 수밖에 없었다.

그도 그럴 것이, 칸칼의 발톱이 너무나도 강력하기 때문이었다.

괜히 마스터급 강자로 만들어진, 그것도 칸칼의 발톱을 지닌 데스 나이트가 통제를 잃고 날뛰게 되면 탈라크로선 감당할 수 없었다.

이는 대마왕의 아바타를 지구로 불러들이는 것만큼이나 위험한 상황이었다.

때문에 자신이 감당할 수 있는 강함을 지니게 하는 것이 주요한 원인이었고, 칼리크와 카크로크를 속일 가능성을 높이기 위한 것이 부차적인 이유였다.

탈라크는 환하게 미소 지었다.

모든 것이 탈라크의 예상대로 흘러가고 있었다.

현재 빠르게 차오르는 마력조차도 계산 범위 내였다.

그의 생각대로라면 최충식은 마스터의 시체를 사용하지 않은 데스 나이트 중 가장 성공적인 작품으로 탄생할 것이 분명했다.

어쩌면 오리지널에 가까운 데스 나이트가 될지도 몰랐다.

하지만 탈라크는 몰랐다.

뽀글.

최충식이 정신이 깨어 있을 거라곤 전혀 예상치 못한 것이다.

마법에 의해 잠들어 있었지만, 시간이 흘러 현재 정신을 차린 상태였다.

다만, 완전히 마비되어 제압되어 있기에 여전히 기절한 것처럼 보이는 것이다.

최충식은 캡슐 밖에서 누군가 자신을 쳐다보고, 또 이야기를 나누고 있다는 사실을 깨달았다.

'여긴 어디지?'

"다 계산되어 있으니 너무 걱정하지 마라, 벰브로스."

최충식은 캡슐 안에 갇혔지만, 똑똑히 들을 수 있었다.

납치범들이 사용하는 언어가 일본어라는 것을 말이다.

'일본어? 누구지? 날 이길 만한 일본의 헌터가… 아니, 그런 자들이 있었나?'

최충식은 저 납치범들이 누구인지 곰곰이 생각해 보았지만, 전혀 짐작조차 되지 않았다.

그러다 문득 얼마 전 일본에 S등급 헌터가 나왔다는 뉴스가 떠올랐다.

'설마 날 납치하기 위해 일본에서 S등급 헌터를 동원했다는 말인가? 무엇 때문에?'

그 생각은 꼬리에 꼬리를 물고 이어졌다.

'으윽!'

그때, 느닷없이 고통이 느껴졌다.

외부에서 전해지는 고통이 아닌, 몸 내부에서부터 느껴지는 고통이었다.

숱한 상처를 입으며 몬스터들을 사냥해 온 최충식이지만, 이 고통을 참기에는 그 강도가 너무나도 강했다.

뽀글.

너무나도 심한 고통에 최충식은 꿈틀거렸다.

그 때문에 잠시 캡슐 안에 기포가 생성되어 표면에서 터지기 시작했다.

"흐흐, 고통스럽나 보군. 하지만 견뎌라. 그 고통이 끝나면, 넌 최강의 사냥꾼이 될 것이다. 네가 그토록 갈망하던 S등급은 아주 우스울 정도로 강해질 것이다."

고통에 몸부림을 치던 최충식은 그 말에 깜짝 놀랐다.

그에게 있어서 너무나도 달콤한 유혹이 아닐 수 없었다.

누구보다 강해지기 위해 부작용이 심한 마병에 손을 댔다.

그 부작용으로 종종 느껴지는 살인의 충동과 피를 갈망하게 만드는 광기에 취하기도 했지만, 그는 아무래도 좋았다.

혼자서는 엄두도 못 내던 6등급 몬스터도 이젠 너무나도 쉽게 찢어 버릴 수 있었다.

비단 6등급 몬스터뿐만 아니라, 엘리트 몬스터나 심지어 7등급의 몬스터도 사냥할 수 있었다.

최충식은 그런 압도적인 강함에 취하지 않을 수 없었다.

이 정도 강함이면 자신도 S등급 헌터가 된 것이 분명하다 느꼈다.

하지만 그것은 착각이었다.

공격력만 놓고 보면 S등급 헌터에 버금갈 정도지만, 그 외의 것들은 아니었다.

그 예로 최충식은 S등급 헌터이며 길드장인 백강현을 마주하면 아직도 위축되고 두려움을 느꼈다.

그것만 봐도 자신은 S등급 헌터와는 거리가 있었다.

그렇기에 최충식은 더욱 힘을 갈망하게 되었다.

고작 성신 길드의 길드장인 백강현조차도 넘어서지 못하면서 세계 최강이라 불리는, 동창이면서 악연인 재식을 넘어설 수 있겠는가.

질투와 열등감이 가슴속에 차올랐지만, 그와 동시에 분노와 광기가 몸을 잠식해 갔다.

당연히 마병이 주는 부작용이라고는 꿈에도 생각지 못했다.

그런데 지금 고통을 참으면 그토록 갈망하던 힘을 얻을 수 있다는 게 아닌가.

최충식은 진실이든 거짓이든 지금 이 순간만큼은 그 말을 믿고 싶었다.

그래서 참았다.

마치 몸속에서 공기가 팽창하는 듯한 참기 힘든 고통도 어금니를 깨물며 참았다.

오직 S등급 헌터가 되어 재식을 이겨 보이겠다는 일념

하나로 말이다.

하지만 참으면 참을수록 고통은 커져만 갔다.

'그래. 어디 더 해 봐라.'

쇠는 두드릴수록 강해진다는 말이 있지 않은가.

점점 강해지는 힘에 대한 갈망과 동시에 고통도 심해지자, 최충식은 이 고통 자체가 시련이라 생각했다.

'헉… 헉.'

얼마나 시간이 흘렀을까, 최충식의 뇌리에는 또 다른 속삭임이 들려왔다.

'죽여. 죽이라고. 이런 고통을 느끼는 것은 모두 저들 때문이야. 넌 이런 고통을 받을 이유가 없어. 그러니 죽여 버려.'

너무나도 감미로운 유혹이었다.

그 목소리는 처음엔 작았지만, 고통이 심해질수록 마치 최충식의 뇌리를 때리는 것처럼 점점 커져만 갔다.

'으윽… 참아야 돼. 아니! 내가 왜 참아야 돼! 그래… 날 이렇게 고통스럽게 만든 것들은 모두 죽여야 돼!'

그렇게 최충식의 정신은 점점 피폐해져 갔다.

최충식 본인은 알지 못했지만, 그의 피부는 점점 검게 물들어 갔다.

연갈색을 띠던 피부가 연회색으로 물들더니, 점점 그 색이 진해졌다.

급기야 흑인이라 불러도 될 정도로 진해졌다.

피부가 갈색의 범주에서 벗어나 완전히 까매지기 시작한 것이다.

"시작되었다."

최충식의 피부가 변화하는 것을 지켜보던 벰브로스가 나지막히 중얼거렸다.

"오오."

실험체가 성공적으로 데스 나이트가 되어 가는 것이 눈으로 보이자, 벰브로스는 환호했다.

다만, 진행이 너무 빨라 약간 꺼림칙한 느낌을 받았지만, 그는 이것 역시 탈라크의 계획 아래에 있다 생각하고 넘겨 버렸다.

10. 허망한 결말

가나가와 현 요코스카 시, 한때 일본의 해상 자위대의 기지가 있던 도시였다.

　하지만 대격변 이후, 다른 나라보다 몬스터의 위협이 더욱 크게 대두되면서 해상 자위대의 필요성이 제기되었다.

　결국 해상 자위대의 규모가 줄어들면서 요코스카 시에 있던 해상 자위대 역시 몰락하게 된다.

　그나마 그 위치가 수도인 도쿄로 들어가는 길목에 있다 보니 완전히 사라지지는 않고 명맥만 유지하고 있었다.

　그런 요코스카 시에서 마치 전쟁이라도 난 것과 같은 혼란에 빠져 있었다.

그도 그럴 것이, 요코스카 시의 미카사 공원 인근에 있던 창고가 폭발했기 때문이다.

그런데 단순한 사고로 인한 폭발이 아닌 듯 폭발 후에도 계속해서 사람들의 비명 소리가 들려왔다.

이 때문에 경찰과 얼마 없는 해상 자위대도 사고 현장으로 출동했지만, 혼란은 진정될 기미가 보이지 않았다.

폭발로 인한 화재 때문에 계속해서 피해 규모만 커져 갔다.

*   *   *

"재식아!"

최수형이 재식을 부르며 방 안으로 뛰어들었다.

"왜? 무슨 일이라도 났어?"

"TV 틀어 봐! 빨리!"

수형은 재식의 물음에 다급한 목소리로 재촉했다.

"무슨 일인데? 우선 진정해 봐."

심상치 않음을 느낀 재식은 방 응접실에 있는 TV를 켰다.

— 오후 9시 20분경, 가나카와 현 요코스카 시의 마카사 공원 인근에 있는 미쓰이 제약 창고에서 커다란 폭발이 일어나 창고에 있던……

"어? 미쓰이 제약이라면…….”

재식은 사고가 일어난 위치를 듣자 깜짝 놀랐다.

앵커가 이야기한 미쓰이 제약 창고라면 방금 전 조사단이 쫓던 일본의 두 S등급 헌터가 들어간 곳이기 때문이다.

그곳에서 무슨 일을 하는지는 모르지만, 한국에서 커다란 화물 상자 하나를 가지고 들어간 정황이 포착되었다.

그 때문에 그들을 쫓던 헨리 윈저와 로열 가드, 그리고 대기하던 예비대와 함께 그들을 급습할 계획을 세우고 있었다.

이제 막 언제 급습할 지 시간을 정하려던 찰나, 해당 장소에서 폭발 사고가 일어나다니, 재식은 이 사실을 어떻게 받아들여야 할지 순간 갈피를 잡을 수 없었다.

"지금 나오는 장소가 녀석들이 숨어든 장소 아니야?”

"맞아.”

"설마 자작극을 벌이는 건 아니겠지? 쫓기고 있다는 걸 눈치채고 시선을 돌리려 이런 짓을…….”

"아냐. 그러기에는 사고의 범위가 너무 넓어.”

재식 역시 자작극을 의심하지 않은 것은 아니지만, 그렇다고 장담하기에는 폭발의 크기나 너무나도 컸다.

해안가 근처 민가부터 떨어진 창고에서 폭발이 일어났는데, 그 피해가 멀리 떨어진 요코스카 중앙역까지 영향이 미쳤다.

그토록 큰 여파를 남긴 폭발 시작 지점에 두 S등급 헌터가 있다는 걸 생각하면, 일부러 꾸민 것 같지는 않았다.

그렇지만 뭔가 석연치 않은 것도 사실이기에 현 상황에 대해 섣불리 판단할 수 없는 재식이었다.

"일단 우리도 사고 현장으로 간다."

재식은 우선 폭발이 일어난 창고로 가 보기로 결심했다.

현재 소방관들이 화재를 진압하고 있는데, 그 과정에 중요한 단서가 사라질까 염려한 것이다.

"그럼 인원은……."

"일단 계획한 대로 로열 가드와 우리들만 간다."

"알겠어. 그렇게 전달할게."

"그래."

최수형은 그렇게 들어온 것처럼 빠르게 재식의 방을 빠져나갔다.

*　　　*　　　*

콰앙—!

커다란 폭발이 일어났다.

점점 커져 가는 압력과 고통을 참지 못한 최충식이 이성을 잃고 폭주한 것이다.

급속히 차오르던 마력으로 인해 이성이 날아간 지는 이미 오래되었다.

그의 머릿속에는 오로지 자신에게 이런 고통을 준 자에

대한 분노와 살육에 대한 광기뿐이었다.

계속해서 차오르던 마력이 터져 나가며 폭발을 일으켰다.

그 때문에 최충식이 들어 있던 캡슐의 강화 유리가 폭발에 깨지며 파편을 온 사방에 흩뿌렸다.

벰브로스와 탈라크는 마력의 폭발과 자신을 향해 날아오는 파편을 막기 위해 다급히 마법을 시전했다.

"다크 실드!"

"스톤 스킨!"

흑마법사인 탈라크는 급히 흑마력으로 실드 마법을 시전했고, 벰브로스 또한 피부를 돌처럼 단단하게 만드는 스톤 스킨 마법을 걸어 자신을 보호했다.

"으음……."

"크윽."

탈라크와 벰브로스는 신음성을 참을 수 없었다.

아무리 마법으로 보호했다고는 하지만, 이토록 강대한 마력의 폭발에 견디기 어려운 것이었다.

더욱이 찰나의 순간에 집중하지 못한 채 서둘러 시전한 마법이기에 피해를 입을 수밖에 없었다.

폭발로 인해 데스 나이트를 만들던 창고의 지붕과 벽이 날아가 버렸다.

간신히 뼈대만 남은 창고 사이로 폭발로 날아가 버린 대기가 다시 몰아치기 시작했다.

쿵! 쿠쿵!

예상한 것 이상으로 거센 바람에 급기야 창고가 무너져 내렸다.

스윽—

마력 폭발은 간신히 버텨 냈으나, 휘몰아치는 바람에 중심을 잡지 못하고 한쪽으로 날아가 버린 탈라크가 빠르게 정신을 부여잡고 몸을 가누며 일어났다.

쿵!

'뭐지?'

폭발의 충격 때문에 어지러움을 느끼고 있던 탈라크가 뭔가 무너지는 듯한 소리에 고개를 돌렸을 때, 자신을 향해 덮쳐 오는 커다란 그림자를 보게 되었다.

'배, 배리어!'

화들짝 놀란 탈라크는 다급하게 다시 한번 방어 마법을 펼쳤다.

쾅!

실드 마법보다 두 단계 강력한 방어 마법을 펼쳤지만, 방어 마법과 그림자가 충돌하면서 전해지는 충격은 상당하였다.

"뭐냐!"

탈라크는 자신도 모르게 소리쳤다.

그는 자신을 덮친 존재의 정체를 확인하기 위해 마력을 눈에 집중했다.

탈라크를 기습한 그림자는 바로 그에 의해 납치되어 데스나이트가 되기 직전 폭주한 최충식이었다.

탈라크는 미간을 찌푸렸다.

분명 모든 것이 순조롭게 진행되고 있었다.

최충식이 들어 있던 캡슐로 급격히 마력이 모여드는 것까지 분명히 계산 안에 놓고 있었다.

비록 위험한 게 분명했지만, 이미 예상했을 뿐더러 그에 대한 방비책까지 마련되어 있기에 탈라크는 안심했다.

하지만 그처럼 마음을 놓아 버린 게 탈라크의 실수였다.

그는 그동안 최충식이 칸칼의 발톱을 이용해 얼마나 많은 살육을 저질렀는지 파악하지 않았다.

인간이 칸칼의 발톱으로 학살을 벌여도 얼마나 죽이겠느냐 무시한 것이 치명적인 실수였다.

칼리크에게 선택되어 칸칼의 발톱을 이식한 최충식은 이식한 당일부터 하루도 쉬지 않고 몬스터든 사람이든 가리지 않고 살육을 저질렀다.

그 때문에 피를 먹고 깨어난 칸칼의 발톱은 전설과 신화에 등장하는 마병에 버금갈 정도로 엄청난 마력을 품게 되었다.

그렇게 마력을 품어 자아를 갖기 직전까지 이른 칸칼의 발톱이 탈라크와 벰브로스가 주입한 마기와 결합하면서 최충식의 몸에서 폭주하게 되었다.

또한 최충식이 능력에 비해 정신력은 그리 높지 않던 것

또한 탈라크의 계획을 무너트린 요소 중 하나였다.

탈라크는 이성을 잃고 폭주하는 최충식의 공격에 그저 당하고만 있지 않았다.

"다크 스피어! 인페르노 스트라이크!"

4클래스 흑마법인 다크 스피어와 5클래스 마법인 인페르노 스트라이크를 연이어 시전했다.

다크 스피어는 매직 에로우 마법의 강화판이고, 인페르노 스트라이크는 화염 마법이면서도 위력이 강력한 마법이었다.

쾅! 쾅!

이성을 잃고 폭주하던 최충식은 자신을 향해 날아오는 마법을 바라보았다.

그러더니 다크 스피어는 칸칼의 발톱으로 파괴하고 인페르노 스트라이크는 가볍게 움직여 회피하였다.

상대적으로 낮은 위력을 가진 다크 스피어는 칸칼의 발톱으로 쳐 내도 문제없지만, 인페르노 스트라이크는 막아도 그 대미지가 상당할 거라는 걸 본능적으로 깨닫고 회피한 것이었다.

크앙!

최충식은 마치 공격받아 화난 짐승처럼 괴성을 질렀다.

최충식이 지른 로어에 얼마나 많은 에너지가 들어 있는 것인지 온 대기가 울렸다.

"하, 이거 실패한 건가? 아니지, 오히려 성공했다고 봐야 하나."

최충식의 로어에서 거대한 마력을 느낀 탈라크는 그 힘에 놀라며 중얼거렸다.

로어에서 느껴지는 마력만으로 평가하더라도 결코 자신 못지않았다.

결국 탈라크는 이성을 잃고 폭주하는 최충식을 혼자서 제압할 수 없다 판단했다.

'벰브로스는 어디에 있지? 고작 이런 폭발에 죽었나?'

문득 벰브로스의 행방이 궁금해진 탈라크는 주위를 돌아보려 했으나, 그럴 여지가 없었다.

그를 보며 고함을 지르던 최충식이 다시 움직이기 시작했기 때문이다.

쿠웅―!

쾅!

최충식이 공격하고 그것을 탈라크가 막아 냈다.

그리고 반대로 탈라크가 최충식의 빈틈을 찾아 공격하면, 최충식은 위력이 약한 것은 칸칼의 발톱으로 쳐 내며 감당하기 힘든 고위력의 마법은 회피하였다.

그렇게 한참을 탈라크와 최충식이 폐허가 된 창고 안에서 싸움을 벌이고 있을 때, 그와 조금 떨어진 창고 구석이 들썩거렸다.

덜컹덜컹.

쇳덩이가 덜컹거리다 무너지는 듯한 큰 소리가 나고 흙먼지가 피어올랐다.

이내 잔뜩 피어오른 먼지구름 안에서 무언가 낮고 굵은 울림이 들려왔다.

쾅!

낮은 울림과 함께 쌓여 있던 창고의 잔해들이 비산하면 흩어졌다.

그 때문에 한창 싸움을 벌이던 탈라크와 최충식의 싸움이 중단되었다.

쿠웅! 쿠웅!

먼지구름 사이에서 커다란 그림자가 보이기 시작했다.

그리고 한순간에 자욱하던 먼지구름이 흩어져 버렸다.

후욱—

검은 그림자가 양팔을 몇 번 휘두르자, 공기의 압력에 먼지구름들이 모두 사라진 것이다.

"크아아! 죄다 죽여 버리겠어!"

잔해를 헤치고 나온 것은 변신한 벰브로스였다.

상급 마족으로서 힘을 되찾은 벰브로스는 인간의 몸이 그리 마음에 들지 않았다.

그래서 자신의 특기인 키메라 제작법을 이용해 스스로의 몸을 더욱 강력하게 개조하였다.

상급 마족이 가진 마력을 나약한 인간의 몸으로는 감당할 수 없을 것이라 판단했기 때문이다.

그리고 앞으로 더욱 강해질 마력을 생각하면, 인간의 신체를 버리고 몬스터의 강인한 신체를 얻는 편이 이득이라 생각한 뱀브로스였다.

같은 흑마족 출신이면서도 탈라크와 뱀브로스는 그 강함을 추구하는 방향이 달랐다.

탈라크가 흑마법을 이용한다면, 뱀브로스는 자신이 익힌 키메라 제조법으로 스스로의 신체를 개조해 궁극의 경지에 오르길 갈망했다.

그러다 보니 둘은 서로를 견제하거나 충돌할 이유가 없어 손을 잡는 데 전혀 거리낌이 없던 것이다.

더욱이 탈라크가 뱀브로스에게 최강의 육체를 얻을 수 있도록 협력하겠다며 약속까지 했다.

데스 나이트를 만드는 데 마스터의 시체만 있으면 되니, 그랜드 마스터급의 육체는 뱀브로스에게 주겠다고 한 것이 크게 작용하였다.

거대한 몸집의 뱀브로스는 흥분한 채 숨을 크게 내쉬었다.

하찮은 인간 하나 때문에 모든 게 틀어졌다.

조사단을 상대하기 위해선 그에 준하는 전력이 필요해 최충식을 데려왔다.

마스터급 강자들이 가득한 조사단을 상대하는 데 조금이라도 전력이 있으면 하는 마음도 있지만, 조사단과의 전투 이후 다른 마스터급 강자가 공격해 올 경우 대비하기 위해

서였다.

데스 나이트는 이미 죽은 상태이기에 몇 차례의 전투를 벌이더라도 지치지 않는다.

아무리 상급 마족이라 한들 가지고 있던 힘을 쓰면 지치는 것은 당연했다.

살아 있는 생명체이기 때문이다.

그때를 노리고 마스터급 강자들이 기습해 온다면, 정말로 목숨이 위험할 수도 있었다.

그렇기에 데스 나이트와 같은 서번트를 상급 마족들이 곁에 두는 것이었다.

또한 데스 나이트가 다크 나이트를 지휘한다면 웬만큼 많은 수의 마스터급 강자들도 충분히 상대할 만했다.

그렇기에 데스 나이트의 존재는 탈라크와 벰브로스가 무리해서 감행할 만큼 가치 있었다.

하지만 결과는 시도하지 않은 것보다 못했다.

결과만 놓고 보자면, 더할 나위 없이 강한 데스 나이트가 완성된 것은 사실이다.

하지만 예상과 달리, 최충식은 이성을 잃고 폭주하기 시작했다.

탈라크와 벰브로스가 제어권을 잃은 것은 당연했다.

이미 인간들의 무리 따위를 피해 숨어야 하는 것에 불만을 가지고 있던 벰브로스는 이번 일을 기폭제로 더 이상 화를 참지 못하고 모습을 드러낸 것이다.

계획이 마음대로 풀리지 않아 화가 난 것도 있지만, 무엇보다 하찮은 서번트가 내뿜은 마력의 폭발로 잠시 기절했다는 것에 자존심이 상한 뱀브로스였다.

쾅!

말이 끝나기 무섭게 뱀브로스는 탈라크와 대치하고 있던 최충식을 향해 몸을 날렸다.

자신을 향해 3m가 훌쩍 넘는 커다란 덩치의 뱀브로스가 달려들자, 최충식도 이를 가만히 지켜보고 있지 않았다.

본능적으로 지금 이대로는 뱀브로스를 막을 수 없다 판단한 최충식은 몸 안에 있던 마력을 풀었다.

크아아아!

양쪽 손등에 뭉쳐 있던 마력이 몸 전체로 퍼져 나갔다.

마력이 지나간 신체는 마치 한지에 먹물이 번지듯 검게 물들었다.

우드드득!

최충식의 덩치도 덩달아 커지기 시작했다.

크아아!

갑작스러운 몸의 변화에 고통을 느낀 최충식은 괴성을 내질렀다.

온몸에 마력이 충만해진 최충식은 자신의 몸을 바라보았다.

눈앞의 벰브로스만큼 커다랗지는 않지만, 3m에 근접할 만큼 덩치가 커졌다.

뿐만 아니라 그가 본래 가지고 있던 늑대 유전자가 활성화된 것인지, 최충식은 커다란 늑대 인간의 모습으로 변했다.

그때, 커다란 파충류와 같은 모습의 벰브로스가 주먹을 내질렀다.

이제는 비슷해진 덩치의 최충식이 한 손으로 벰브로스의 주먹을 받아냈다.

쾅!

주먹과 주먹이 오가는 소리라고는 믿겨지지 않을 만큼 커다란 충격음이 발생했다.

크앙!

크아악!

두 괴물이 서로를 향해 주둥이를 벌리며 위협했고, 누구 하나 물러서지 않고 양팔을 휘두르며 공격을 주고받기 시작했다.

'하나같이 계획한 대로 흘러가는 게 없군.'

벰브로스의 난입으로 탈라크는 최충식과의 전투에서 벗어나 안정을 취할 수 있었다.

상급 마족이라도 그는 육체 능력이 뛰어난 편이 아니었다.

마법을 특기로 하는 마족이기에 만약 조금 전의 전투가 지속되었다면 큰 피해를 입을지도 몰랐다.

마법은 주문을 외워야 시전되지만, 육체적인 공격은 사전 준비 없이 그저 휘두르기만 하면 그만이기에 장기전으로 갔다면 점점 불리해지는 것은 탈라크였다.

삐뽀! 삐뽀!

그때, 저 멀리서 사이렌 소리가 들려오기 시작했다.

'젠장!'

너무도 큰 폭발이기에 인근에 있던 인간이 신고한 것이 분명했다.

이제 얼마 지나지 않아 이곳에 수많은 인간들이 몰려들 것은 당연한 수순이었다.

'어쩔 수 없군.'

탈라크는 속으로 결단을 내리고는 최충식과 싸우고 있는 벰브로스에게 소리쳤다.

"잠시 그놈을 맡고 있어! 난 이곳으로 오는 인간들을 처리하겠다!"

그렇게 탈라크는 벰브로스의 대답도 듣지 않고 자리를 떠났다.

*   *   *

마카사 공원은 마치 폭격을 맞은 듯 폐허가 되어 있었다.

뿐만 아니라 그 주변은 아직까지 화재가 진압되지 않아 여기저기서 검은 연기가 피어오르고 있었다.

"어? 여기 부상자가 하나 있다!"

현장에 도착한 조사단원 중 한 명이 피에 젖은 부상자를 발견하고는 소리쳤다.

그 외침에 급히 다가온 재식은 부상자를 확인하고 고개를 갸웃거렸다.

"이건 사고로 인한 상처가 아닌 것 같은데?"

폭발과는 별개의 상처가 분명했다.

화상도 있지만, 부상자의 몸에 무언가에 베인 듯한 상처가 수두룩했기 때문이다.

"흉수를 찾아라."

비슷한 상처를 입은 사람들이 한둘이 아니었기에 재식은 함께 온 조사단들에게 지시를 내렸다.

지시를 내린 재식 역시 서둘러 자리를 옮겨 가며 사람들을 학살한 범인을 찾기 시작했다.

쾅!

한참 현장 주변을 탐색하던 도중, 저 멀리서 큰 충격음이 들려왔다.

그리고 그 폭발에 가까운 충격음은 한 번에 그치지 않고 연이어 들려왔다.

쾨광! 쿠웅—! 쾅!

재식뿐만 아니라 다른 조사단원들도 그 소리를 들었는지, 급히 소음이 일어난 현장으로 뛰어갔다.

현장에 가장 먼저 도착한 것은 재식이었다.

충격음의 원인을 파악한 재식은 눈을 동그랗게 떴다.

재식은 눈앞에 펼쳐진 광경을 믿을 수가 없었다.

거대한 괴물 두 마리와 젊은 여성 한 명이 어우러져 싸우고 있던 것이다.

재식은 이내 이 전투가 삼파전이 아님을 간파했다.

악어 인간의 형상을 한 괴물과 여성이 서로의 빈틈을 보완해 가며 늑대 인간의 형상을 한 괴물을 공격하고 있었다.

공격받는 늑대 인간의 눈은 붉게 충혈되어 있었다.

눈가에 핏물이 보일 정도로 붉은 눈 때문인지, 늑대 인간은 마치 미친 것처럼 보였다.

"저 여자, 그 일본의 S등급 헌터야. 이케다 에미."

언제 도착했는지 최수형이 재식의 곁에서 작게 떠들었다.

괜히 큰소리를 내어 저들을 자극하고 싶지 않은 듯했다.

"확실히 사진과 일치하는 외모네."

잠시 상황을 관망하던 재식은 수형의 말을 듣고 여성의 얼굴을 자세히 확인했다.

재식은 눈살을 찌푸렸다.

이 싸움에 끼어들어 어떻게 행동할지 무척이나 고민이 된 것이다.

어느 한쪽의 편을 들어주기엔 양쪽 다 문제가 있어 보였다.

이케다 에미는 애초에 자신들이 쫓던 상대이고, 두 괴물들은 누가 보아도 몬스터처럼 보였다.

하지만 그런 고민도 잠시, 이 셋의 싸움은 순식간에 결판이 났다.

아무리 거대한 늑대 인간이 민첩하고 강한 공격을 선보인다 하더라도, S등급 헌터 한 명과 비슷한 덩치의 괴물의 공격을 극복할 수 없던 것이다.

크아악!

이케다 에미의 공격을 막아 내던 늑대 인간은 악어 인간의 공격을 미처 피하지 못하고 상처를 입고 말았다.

한 번 공격을 허용하자, 전세는 급격히 기울어졌다.

얼마 지나지 않아 늑대 인간은 악어 인간의 공격에 가슴이 뚫려 패배하고 말았다.

척! 척! 척!

그렇게 싸움이 끝나자, 재식과 조사단원들은 S등급 헌터 이케다 에미와 악어 인간을 포위했다.

재식은 기세를 내뿜으며 둘을 압박했다.

그때, 재식의 귓가로 최수형의 중얼거림이 들려왔다.

"어… 어? 이거, 최충식 아니야?"

화들짝 놀란 재식은 최수형이 있는 방향으로 고개를 돌릴 수밖에 없었다.

그곳에는 최수형의 말대로 최충식의 시체가 누워 있었다.

'설마…….'

재식은 언젠가 최충식의 변신한 모습을 본 적이 있었다.

성신 길드의 차세대 헌팅팀을 홍보하는 차원에서 팀 비스트의 리더로 등장하는 최충식이 5등급 몬스터를 사냥하던 영상이었다.

색은 다르지만, 분명 늑대 인간과 비슷한 형상이었다.

문득 재식의 머릿속에 번뜩이는 느낌이 스쳐 지나가자, 재식은 다급히 조사단원들에게 외쳤다.

"쳐!"

재식의 명령에 둘을 포위하고 있던 헌터들이 곧바로 공격을 퍼붓기 시작했다.

재식 역시 무방비한 상태인 최수형을 가리고 공격하기 시작했다.

한편, 폭주하는 최충식을 잡기 위해 가진 모든 힘을 쏟은 뱀브로스와 탈라크는 느닷없이 나타난 헌터들 때문에 당황했다.

그것도 하나같이 강한 기운이 느껴지는 헌터들이었다.

온전한 상태일 때도 이 만한 실력의 헌터들을 상대하려면 목숨을 걸어야 할 정도였다.

그 때문에 탈라크와 뱀브로스는 이들과 싸우기보단 빈틈을 노려 탈출하려고 하였다.

곧바로 몸을 움직이려던 찰나, 가작 약한 기운을 가진 인간이 갑자기 어마어마한 마력을 내뿜기 시작한 것이다.

압도적인 힘에 탈라크와 벰브로스는 마치 천적을 만난 동물처럼 온몸이 굳어 버렸다.

'으윽.'

탈라크는 어떻게든 상황을 벗어나기 위해 몸부림을 쳤다.

그렇지만 변하는 것은 아무것도 없었다.

'안 되겠다.'

평범한 방법으로는 이곳을 빠져나갈 수 없다 판단한 탈라크는 어쩔 수 없이 최후의 수단을 사용하기로 하였다.

'제길… 빠져나가기만 하면 전부 가만두지 않겠다.'

마나 하트에 모아 둔 흑마력 전부를 폭주시켜 한순간에 큰 힘을 발휘할 생각인 것이었다.

"처!"

하지만…….

이내 압도적인 마력을 내뿜고 있는 인간의 외침이 들려왔다.

마력을 있는 대로 다 끌어모은 탈라크는 텔레파시로 벰브로스에게 말을 건넸다.

— 벰브로스, 준비해라!

그러고는 탈라크는 곧바로 막 자신을 덮쳐오는 헌터들을 상대로 마법을 시전했다.

"디스트로이어!"

파괴자란 뜻을 가진 이 마법은 무려 7클래스의 흑마법이었다.

이름의 뜻 그대로 이 마법에 닿는 것은 무엇이든 파괴해 버리는 강력한 마법이 펼쳐졌다.

"다리오! 대지의 방패!"

일본의 S등급 헌터로만 생각한 이케다 에미가 느닷없이 흑마법, 그것도 재식조차 알지 못하는 흑마법을 사용하자, 그는 깜짝 놀라며 최상급 대지의 정령인 다리오를 불렀다.

마법에서 느껴지는 마력을 보니 재식은 여유롭게 막아 낼 수 있지만, 다른 조사단원들이 감당할 수준은 아니었다.

과연 최상급 대지의 정령답게 재식이 일일이 지시하지 않아도 자의적인 판단으로 마법을 시전했다.

콰아아앙—!

상황을 타개하기 위해 비장의 수까지 쓴 탈라크였지만, 재식의 능력은 그의 예상을 한참이나 벗어났다.

그렇게 7클래스 흑마법인 디스트로이어는 빠르게 생성된 대지의 방패에 의해 허무하게 막혀 버렸다.

아무리 7클래스 파괴 마법이라도 그 이상의 권능 앞에서는 무용지물일 뿐이었다.

"후우… 받은 게 있으면, 돌려주는 것도 있어야겠지."

말을 꺼낸 것은 최수형이었다.

그는 자신의 앞을 가로막은 재식이 정령을 불러내 거대한 검은 기운을 막아 내는 것을 지켜보았다.

그리고 그 기운이 사라진 지금이야말로 나서서 공격해야 한다 생각해 그가 가진 최대의 힘을 모아 탈라크에게 쏘아 냈다.

"썬더 스트라이크!"

파지직!

커다란 기운을 가진 속성력이 대기를 가르며 탈라크에게로 쏘아졌다.

쾅!

번개와 물, 두 가지 속성을 타고난 다중 속성 각성자인 최수형은 언체인 길드에 들어와 훈련하면서 두 속성을 혼합하여 공격할 수 있는 스킬을 연마했다.

그리고 그러한 스킬이 익숙해지면서 S등급 헌터에 오를수 있었다.

그런 최수형이 현재 수준에서 낼 수 있는 가장 강력한 공격 스킬이 바로 썬더 스트라이크였다.

파괴력만 놓고 보자면, 숙련된 S등급 헌터의 공격력에 버금갔다.

"으윽!"

쿵!

상급 마족으로 각성한 뒤로 탈라크는 지금까지 이런 대미지를 입은 적이 없었다.

마계에 있을 때에도 이 정도로 강력한 위력의 공격은 본적이 없었다.

그런 공격을 동급의 존재와 전투를 벌인 뒤 지친 상태에서 받다 보니 이를 버티지 못하는 것은 당연했다.

"크악!"

공격에 당해 쓰러진 것은 비단 탈라크뿐만이 아니었다.

벰브로스는 그보다도 더욱 처참했다.

탈라크가 시전한 디스트로이어에 다른 조사단원들이 당황하고 있을 때, 유일하게 헨리 윈저 왕자와 윤태형만이 정신을 차리고 공격했다.

둘이 공격하는 모습을 보고 그제야 정신 차린 조사단원들도 이내 공격을 퍼붓기 시작했다.

상급 마족의 질긴 가죽도 두 S등급 헌터와 고위 헌터들의 공격에 갈기갈기 찢겨 나갔다.

벰브로스는 필사적으로 반항했으나 결국 심장과 목에 치명상을 입고 절명하고 말았다.

쿠웅―!

그가 쓰러지자 몸집만큼이나 큰 소리가 땅을 울렸다.

하지만 그게 끝이 아니었다.

벰브로스의 시체에서 검은 연기가 피어오르기 시작했다.

이내 심장에 난 상처에서 검은 피가 부글부글 끓어오르더니 거대한 기운을 내뿜기 시작했다.

"물러나!"

그 모습을 본 재식은 급히 조사단원들에게 지시를 내렸다.

챠콥의 기억 속에 이와 비슷한 모습을 본 적이 있기 때문이었다.

지금 벰브로스의 시체에서 보이는 모습은 마족이 죽을 때 몸속에 있던 흑마력이 빠져나오면서 나타나는 현상이었다.

흑마력, 즉 마기는 어떤 방향으로는 인간에게 도움이 되지 않는 기운이었다.

그때, 옆에 있던 탈라크의 시체 역시 비슷한 모습을 보이기 시작했다.

"이놈, 설마……."

악어 인간이야 몬스터, 혹은 그리 찾아 헤매던 마계의 존재, 즉 마족이라 여기고 있었지만, 이케다 에미의 정체마저 마족일 줄은 예상치 못한 것이다.

재식은 흑마력을 내뿜으며 사라져 가는 마족들을 가만히 바라보았다.

그토록 위협을 느끼고 찾아 헤맨 마족이 생각보다 강하지 않아 허무하다는 생각마저 드는 재식이었다.

에필로그

일본에 자리를 잡은 다섯 명의 마족 중 벰브로스와 탈라크를 죽인 조사단이 막 그들의 시체를 수습하려던 찰나, 허공에 전광이 번쩍이며 원형의 게이트가 생성되었다.

— 멈추세요.

대기를 울리는 듯한 목소리에 조사단들은 물론이고, 사고현장을 수습하기 위해 오가던 일본인들에게도 들렸다.

— 내 기대대로 잘해 주었습니다. 이제 이 순간을 기점으로 더 이상 차원 게이트는 나타나지 않을 것입니다.

그 말에 재식은 물론, 각국에서 파견된 조사단원들도 놀라지 않을 수 없었다.

그리고 그건 현장에 있던 일본인들 또한 마찬가지였다.

어느 누구도 말을 꺼내지 않은 채 멍하니 하늘을 올려 보고 있을 뿐이었다.

가장 먼저 정신을 차린 것은 재식이었다.

목소리의 주인이 누구인지 짐작하는 그였지만, 확인하기 위해 입을 열었다.

"그렇게 말씀하시는 분은 누구십니까?"

— 당신이 짐작하고 있는 존재가 맞습니다, 정재식 헌터.

허공에 떠 있는 빛에서 들려온 말에 재식은 깜짝 놀랐다.

자신의 이름을 알는 것은 물론이고, 생각까지 읽고 그것을 이야기했기 때문이다.

그리고 자신의 짐작대로 그가 지구의 관리자, 즉 신이 맞다는 생각에 눈을 동그랗게 떴다.

"그럼 몬스터 필드는 어떻게 되고, 또 남아 있는 몬스터들은 어떻게 되는 겁니까?"

차원 게이트야 더 이상 생성되지 않는다 하지만, 이미 지구로 건너와 자리를 잡은 몬스터들에 대한 처우를 물었다.

— 그것들은 그대로 남아 인류의 진화를 마저 도울 것입니다. 그러니 인간들이여, 계속해서 지금처럼 노력하세요.

말이 끝나기 무섭게 빛으로 된 원반에서 커다란 손이 나오더니, 마족 탈라크와 벰브로스의 시체를 쥐고 다시 올라갔다.

한순간에 벌어진 일이라 재식과 조사단은 그저 그것을 멍하니 지켜볼 수밖에 없었다.

*　　　　*　　　　*

마족 탈라크와 벰브로스의 시체를 가져간 지구의 신은 그들을 봉인하고 다른 차원으로 넘어갔다.

칸트라 차원, 혹은 지구, 그 어느 곳에도 속하지 않으면서도 모든 차원을 아우르는 미지의 공간에 지구의 신은 칸트라 차원의 지배자들을 소환했다.

"무엇 때문에 우릴 소환한 것이지?"

흑룡왕 앙칼라우로스는 지구의 신을 보며 물었다.

하지만 지구의 신은 앙칼라우로스의 질문에도 아무런 대답도 하지 않았다.

조용히 그의 좌우로 포진한 천족의 왕 우렐리우스와 마족들의 지배자인 대마왕 번을 묵묵히 훑을 뿐이었다.

그러고는 조용히 한쪽에 자리한 정령왕 엘리오스에게 시선을 옮겼다.

그렇게 칸트라 차원의 지배자들을 일별한 신은 그 어느 때보다 밝은 미소를 지어보이며 이야기하였다.

"역시나 당신들은 예상을 벗어나지 못했습니다. 그나마 엘리오스 당신만이 정답에 가까운 행동을 보였군요."

"…그게 무슨 소리지?"

그 말에 엘리오스를 제외한 세 절대자가 인상 쓰며 물었다.

"격을 가진 존재들의 약속은 그 무엇보다 중요한 것이다."

조금 전까지만 해도 존대하며 인자한 모습을 보이던 신은 순식간에 미소를 지우며 목소리를 낮추었다.

"어리석은 존재들아, 과거 너희의 욕심으로 이곳의 차원은 소멸의 길로 접어들었다. 신이 떠났기에 너희의 세상이 되었다고 생각하지만, 과연 그럴까?"

지구의 신은 다시 한번 절대자들을 훑었다.

"차원을 유지하기 위해선 너희가 말하는 신이 존재해야만 하는 것이다. 그 신은 바로 인간들만이 만들고 키울 수 있다."

"그게 무슨… 하찮은 벌레와 다를 바 없는 것들이 신을 만들다니… 무슨 말도 안 되는 소리인가?!"

앙칼라우로스와 우렐리우스는 경악을 넘어 분노했다.

신을 곁에서 수발들던 천사들의 왕 우렐리우스, 그가 보기에 인간은 타락하여 혐오스러운 마족과 다를 것이 하나 없었다.

그리고 중간계를 지키는 용들의 수장인 앙칼라우로스의 생각에도 인간은 중간계에서 매번 사고만을 치던 존재였다.

때로는 중간계를 멸망시킬 수도 있는 잔혹하고 무모한 짓을 벌이기도 했다.

그래서 인간들을 중간계에서 멸족시킨 것이다.

다양한 생명체들이 살아가는 중간계의 평화를 위해, 칸트라 차원의 균형을 위해 하나의 종족이 사라지는 것이 중간계의 미래를 위해 나은 선택이라 판단했기 때문이다.

마계의 입장에서 인간은 자신들이 중간계로 넘어가는 것에 필요한 존재지만, 천족의 수장과 중간계의 감시자가 인간들의 멸족을 묵인하면 계약이 아니더라도 중간계로 올 수 있었다.

그리고 그들은 중간계로 통하는 차원의 틈을 열어 주기로 약속했기에 그 선택에 동조한 것이다.

그런데 그것이 신을 칸트라 차원에서 등지게 만든 이유라니.

세 절대자들은 그것을 인정할 수가 없었다.

"감히!"

앙칼라우로스는 분노를 참을 수 없어 드래곤 최강의 공격인 브레스를 퍼부었다.

하지만 초월적인 힘을 지닌 흑용왕 앙칼라우로스의 강력한 브레스는 신의 근처에도 미치지 못하고 소멸해 버렸다.

"아니!"

"어리석은 도마뱀아, 날 누구라 생각하는 것이냐?"

지구의 신은 무심한 눈으로 자신에게 브레스를 토해 낸 앙칼라우로스를 쳐다보며 물었다.

"차원을 관리하는 것은 격이 필요하다. 너희의 창조자인 칸트라 차원의 신들마저도 여럿이었다. 그런데 홀로 한 차원을 관리하는 내가 고작 네 공격에 상처라도 입을 줄 알았느냐?"

신은 무심한 목소리로 앙칼라우로스를 쳐다보며 말했다.

하지만 앙칼라우로스뿐만 아니라 그것을 들은 다른 절대

자들도 순간 몸이 굳었다.

애초 그 말은 앙칼라우로스 하나에게 한 말이 아니었다.

계약했음에도 음모를 꾸민 그들에게 하는 경고인 것이었다.

"방금 전의 행동만 보면 바로 소멸시켜야 하지만, 나와 계약하면서 계획을 잘 따라 준 것을 감안해 한 번은 용서하마."

마치 자비로운 은총을 내리는 것처럼 신은 이야기하지만, 눈빛은 여전히 무심해 보였다.

"신이 사라진 차원은 결국 소멸할 수밖에 없다. 이것이 우주의 법칙이다. 그러니 너희는 내 손이 아닌, 너희가 정한 운명대로 소멸하거라."

그렇게 지구의 신은 멸망을 암시하는 말만을 남기고 칸트라 차원에서 사라졌다.

"이익!"

관리자가 남긴 말에 앙칼라우로스는 물론이고, 우렐리우스까지 무언가 생각이 났는지 힘을 모으기 시작했다.

하지만 변하는 것은 아무것도 없었다.

"아, 안 열려!"

"게이트가……."

앙칼라우로스와 우렐리우스가 힘을 쏟은 것은 모두 지구로 가는 차원 게이트를 열기 위해서였다.

전에는 잘만 연결되던 차원 게이트였지만, 이번에는 그들의 뜻에 따라 열리지 않았다.

다른 세 절대자들이 심각한 표정을 지으며 고심하고 있을 때, 한쪽에 있던 정령왕 엘리오스만이 조금 전 지구의 신이 남긴 말의 의미를 깨닫고 조용히 눈을 감았다.

*   *   *

폭발 사건이 이후, 정확히는 신이 다녀간 뒤로 지구에는 더 이상의 차원 게이트가 발생하지 않았다.

그로 인해 세계에는 변화의 바람이 불기 시작했다.

차원 게이트에서 쏟아지는 몬스터는 인류에게 큰 위협이 되는 존재였지만, 현대에 들어와서 몬스터는 없어서는 안 될 중요한 자원이 된 지 오래였다.

몬스터의 몸에서 나오는 마정석은 지구 문명에 없어서는 안 되는 물건이기에 더 이상 몬스터가 유입되지 않는 것은 어떻게 보면 심각한 문제가 아닐 수 없었다.

때문에 세계 헌터 협회는 급히 대책을 마련하고 발표했다.

혹시나 오래전 자원 때문에 벌어진 전쟁이 또다시 벌어질지 모른다는 우려에서였다.

실제로 차원 게이트가 더 이상 발생하지 않는다는 사실을 알게 된 뒤로 그렇게 움직이는 나라들이 있었다.

다행이라면 헌터 강국들 중 최강인 한국과 미국, 영국, 그리고 독일이 나서서 세계 헌터 협회에 힘을 실어 주었다.

그 탓에 각국은 독단적인 행동할 수 없었다.

비록 더 이상 차원 게이트를 통해 몬스터가 나오지는 않더라도 아직도 지구상에 몬스터는 많았다.

차원 게이트에서 유입되는 몬스터가 없을 뿐이지, 아직 몬스터의 위협이 끝난 것이 아니었다.

헌터의 지원이 없으면 나라가 사라질 위기에 차한 국가도 많기에 혼란은 잠시였고, 이내 정신을 차리기 시작했다.

그렇게 세계 헌터 협회의 방침은 각 나라에 이행되었다.

오래전 세계대전이 끝나고 세계 평화를 위해, 혹은 국가 간 분쟁을 조정하기 위해 만들어진 세계 연맹의 역할을 이제는 세계 헌터 협회가 맡게 된 것이다.

*   *   *

"차원 게이트가 더 이상 발생되지 않는다고 하는데, 그럼 우린 이제 어떻게 되는 거야?"

최수연은 재식의 품에 안겨 물었다.

"왜? 실업자라도 될까 봐?"

"아니… 딱히 그런 건 아니고……."

그녀가 말은 그렇게 했지만, 걱정이 되는 것은 사실이었다.

물론 재식이 세계에서 가장 잘나가는 헌터였기에 앞으로 살아가는 것에 큰 걱정을 하지는 않았다.

하지만 그녀는 얌전히 남자의 품에서 안정적으로 살아가는 것에 만족하지 못하는 여자였다.

최수연은 헌터로서 자신이 인류를 위해, 혹은 국민의 위해 도움이 된다는 것에 보람을 느꼈다.

그 때문에 헌터 길드가 아닌, 고된 헌터 협회 직할 헌터로 활동한 것이다.

"너무 걱정하지 마. 앞으로도 할 일은 많을 테니까."

게이트가 더 발생하지 않는다고 몬스터의 위협이 끝난 걸까.

재식은 그건 아니라 생각했다.

신은 인류의 생존에 위협이 되는 마족들의 시체를 가져갔다.

분명 그 자리에 다른 마족들이 있었다면, 그들도 다 데려갔을 것이다.

관리자가 원하는 것은 인류의 진화, 그 자체이기에 방해가 된다 판단하고 데려갈 것이 분명했다.

무엇보다 관리자가 사라질 때 한 말이 결정적이었다.

— 인간들이여, 계속해서 지금처럼 노력하세요.

인류의 진화는 아직 끝나지 않았다.

〈『헌터 레볼루션』 완결〉